10
relatos de

amor

PLAZA & JANES

Diseño de cubierta: Judit Commeleran
Realización editorial: Proyectos Editoriales
y Audiovisuales CBS, S. A.

Quinta edición: diciembre, 1997
© 1995, Plaza & Janés Editores, S. A.
Enric Granados, 86-88
08008 Barcelona
(Agradecimientos y copyrights de cada relato,
al final del libro)

Printed in Spain – Impreso en España
ISBN: 84-01-54002-X
Depósito legal: B. 46.900-1997
Impreso en Cremagràfic
Bernat Metge, 197. Sabadell (Barcelona)

L 54002 X

Índice

Índice

ISABEL ALLENDE

Regalo para una novia

Horacio Fortunato había alcanzado los cuarenta y seis años cuando entró en su vida la judía escuálida que estuvo a punto de cambiarle sus hábitos de truhán y destrozarle la fanfarronería. Era de raza de gente de circo, de esos que nacen con huesos de goma y una habilidad natural para dar saltos mortales y a la edad en que otras criaturas se arrastran como gusanos, ellos se cuelgan del trapecio cabeza abajo y le cepillan la dentadura al león. Antes de que su padre lo convirtiera en una empresa seria, en vez de la humorada que hasta entonces había sido, el Circo Fortunato pasó por más penas que glorias. En algunas épocas de catástrofe o desorden, la compañía se reducía a dos o tres miembros del clan deambulando por los caminos en un destartalado carromato, con una carpa rotosa que levantaban en pueblos de lástima. El abuelo de Horacio cargó solo con el peso de todo el espectáculo durante años; caminaba en la cuerda floja, hacía malabarismos con antorchas encendidas, tragaba sables toledanos, extraía tanto naranjas como serpientes de un sombrero de copa y bailaba gracioso minué con su única compañera, una mona ataviada de miriñaque y sombrero emplumado. Pero el abuelo logró sobreponerse al infortunio y mientras muchos otros circos sucumbieron vencidos por otras diversiones modernas, él salvó el suyo y al final de su vida pudo retirarse al sur del continente a cultivar un huerto de espárragos y fresas, dejándole una empresa sin deudas a su hijo Fortunato II. Este hombre carecía de la humildad de su padre y no era proclive a los equilibrios en la cuerda o a las piruetas con un chimpancé, pero en cambio estaba dotado de una firme prudencia de comerciante. Bajo su dirección el circo creció en tamaño y prestigio, hasta convertirse en el más grande del país. Tres carpas monumentales pintadas a rayas reemplazaban el modesto tenderete de los malos tiempos, jaulas diversas albergaban un zoológico ambulante de fieras amaestradas, y otros vehículos de fantasía transportaban a los artistas, incluyendo al único enano hermafrodita y ventrílocuo de la historia. Una réplica exacta de la carabela de Cristóbal Colón transportada sobre ruedas completaba el Gran Circo Internacional Fortunato. Esta enorme caravana ya no navegaba a la deriva, como antes lo hiciera con el abuelo, sino que iba en línea recta por las carreteras principales desde el Río Grande hasta el Estrecho de Magallanes, deteniéndose sólo en las grandes ciudades, donde entraba con tal escándalo de tambores, elefantes y payasos, con la carabela a la cabeza como un prodigioso recuerdo de la Conquista, que nadie se quedaba sin saber que el circo había llegado.

Fortunato II se casó con una trapecista y con ella tuvo un hijo a quien llamaron Horacio. La mujer se quedó en un lugar de paso, decidida a independizarse del marido y mantenerse mediante su incierto oficio, dejando al niño con su padre. De ella prevaleció un recuerdo difuso en la mente de su hijo, quien no lograba separar la imagen de su madre de las numerosas acróbatas que conoció en su vida. Cuando él tenía diez años, su padre se casó con otra artista del circo, esta vez con una equitadora capaz de equilibrarse de cabeza sobre un animal al galope o saltar de una grupa a otra con los ojos vendados. Era muy bella. Por mucha agua, jabón y perfumes que usara, no podía quitarse un rastro de olor a caballo, un seco aroma de sudor y esfuerzo. En su regazo magnífico el pequeño Horacio, envuelto en ese olor único, encontraba consuelo por la ausencia de su madre. Pero con el tiempo la equitadora también partió sin despedirse. En la madurez Fortunato II se casó en terceras nupcias con una suiza que andaba conociendo América en un bus de turistas. Estaba cansado de su existencia de beduino y se sentía viejo para nuevos sobresaltos, de modo que cuando ella se lo pidió no tuvo ni el menor inconveniente en cambiar el circo por un destino sedentario y acabó instalado en una finca de los Alpes, entre cerros y bosques bucólicos. Su hijo Horacio, que ya tenía veintitantos años, quedó a cargo de la empresa.

Horacio se había criado en la incertidumbre de cambiar de lugar cada día, dormir siempre sobre ruedas y vivir bajo una carpa, pero se sentía muy a gusto con su suerte. No envidiaba en absoluto a otras criaturas que iban de uniforme gris a la escuela y tenían trazados sus destinos desde antes de nacer. Por contraste, él se sentía poderoso y libre. Conocía todos los secretos del circo y con la misma actitud desenfadada limpiaba los excrementos de las fieras o se balanceaba a cincuenta metros de altura vestido de húsar, seduciendo al público con su sonrisa de delfín. Si en algún momento añoró algo de estabilidad, no lo admitió ni dormido. La experiencia de haber sido abandonado, primero por la madre y luego por la madrastra, lo hizo desconfiado, sobre todo de las mujeres, pero no llegó a convertirse en un cínico, porque del abuelo había heredado un corazón sentimental. Tenía un inmenso talento circense, pero más que el arte le interesaba el aspecto comercial del negocio. Desde pequeño se propuso ser rico, con la ingenua intención de conseguir con dinero la seguridad que no obtuvo en su familia. Multiplicó los tentáculos de la empresa comprando una cadena de estadios de boxeo en varias capitales. Del boxeo pasó naturalmente a la lucha libre y, como era hombre de imaginación juguetona, transformó ese grosero deporte en un espectáculo dramático. Fueron iniciativas suyas la Momia, que se presentaba en el ring dentro de un sarcófago egipcio; Tarzán, cubriendo sus impudicias con una piel de tigre tan pequeña que a cada salto del luchador el público retenía el aliento a la espera de alguna revelación; el Ángel, que apostaba su cabellera de oro y cada noche la perdía bajo las tijeras del feroz Kuramoto —un indio mapuche disfrazado de samurai— para reaparecer al día siguiente con sus rizos intactos, prueba irrefutable de su condición divina. Éstas y otras aventuras comerciales, así como sus apariciones públicas con un par de guardaespaldas, cuyo papel consistía en intimidar a sus competidores y picar la curiosidad de las mujeres, le dieron un prestigio de hombre malo, que él celebraba con enorme regocijo. Llevaba una buena vida, viajaba por el mundo cerrando tratos y buscando monstruos, aparecía en clubes y casinos, poseía una mansión de cristal en California y un rancho en Yucatán, pero vivía la mayor parte del año en hoteles de ricos. Disfrutaba de la compañía de rubias de alquiler. Las escogía suaves y de senos frutales, como homenaje al recuerdo de su madrastra, pero no se afligía demasiado por asuntos amorosos y cuando su abuelo le reclamaba que se casara y echara hijos al mundo para que el apellido de los Fortunato no se desintegrara sin heredero, él replicaba que ni demente subiría al patíbulo matrimonial. Era un hombronazo moreno con una melena peinada a la cachetada, ojos traviesos y una voz autoritaria, que acentuaba su alegre vulgaridad. Le preocupaba la elegancia y se compraba ropa de duque, pero sus trajes resultaban un poco brillantes, las corbatas algo audaces, el rubí de su anillo demasiado ostentoso, su fragancia muy penetrante. Tenía el corazón de un domador de leones y ningún sastre inglés lograba disimularlo.

Este hombre, que había pasado buena parte de su existencia alborotando el aire con sus despilfarros, se cruzó un martes de marzo con Patricia Zimmerman y se le terminaron la inconsecuencia del espíritu y la claridad del pensamiento. Se hallaba en el único restaurante de esta ciudad donde todavía no dejan entrar negros, con cuatro compinches y una diva a quien pensaba llevar por una semana a las Bahamas, cuando Patricia entró al salón del brazo de su marido, vestida de seda y adornada con algunos de esos diamantes que hicieron célebre a la firma Zimmerman y Cía. Nada más diferente a su inolvidable madrastra olorosa a sudor de caballos o a las rubias complacientes, que esa mujer. La vio avanzar, pequeña, fina, los huesos del escote a la vista y el cabello castaño recogido en un moño severo, y sintió las rodillas pesadas y un ardor insoportable en el pecho. Él prefería a las hembras simples y bien dispuestas para la parranda y a esa mujer había que mirarla de cerca para valorar sus virtudes, y aun así sólo serían visibles para un ojo entrenado en apreciar sutilezas, lo cual no era el caso de Horacio Fortunato. Si la vidente de su circo hubiera consultado su bola de cristal para profetizarle que se enamoraría al primer vistazo de una aristócrata cuarentona y altanera, se habría reído de buena gana, pero eso mismo le ocurrió al verla avanzar en su dirección como la sombra de alguna antigua emperatriz viuda, en su atavío oscuro y con las luces de todos esos diamantes refulgiendo en su cuello. Patricia pasó por su lado y durante un instante se detuvo ante ese gigante con la servilleta colgada del chaleco y un rastro de salsa en la comisura de la boca. Horacio Fortunato alcanzó a percibir su perfume y apreciar su perfil aguileño y se olvidó por completo de la diva, los guardaespaldas, los negocios y todos los propósitos de su vida, y decidió con toda seriedad arrebatarle esa mujer al joyero para amarla de la mejor manera posible. Colocó su silla de medio lado y haciendo caso omiso de sus invitados se dedicó a medir la distancia que le separaba de ella, mientras Patricia Zimmerman se preguntaba si ese desconocido estaría examinando sus joyas con algún designio torcido.

Esa misma noche llegó a la residencia de los Zimmerman un ramo descomunal de orquídeas. Patricia miró la tarjeta, un rectángulo color sepia con un nombre de novela escrito en arabescos dorados. De pésimo gusto, masculló, adivinando al punto que se trataba del tipo engominado del restaurante, y ordenó poner el regalo en la calle en la esperanza de que el remitente anduviera rondando la casa y se enterara del paradero de sus flores. Al día siguiente trajeron una caja de cristal con una sola rosa perfecta, sin tarjeta. El mayordomo también la colocó en la basura. El resto de la semana despacharon ramos diversos: un canasto con flores silvestres en un lecho de lavanda, una pirámide de claveles blancos en copa de plata, una docena de tulipanes negros importados de Holanda y otras variedades imposibles de encontrar en esta tierra caliente. Todos tuvieron el mismo destino del primero, pero eso no desanimó al galán, cuyo acecho se tornó tan insoportable que Patricia Zimmerman no se atrevía a responder al teléfono por temor a escuchar su voz susurrándole indecencias, como le ocurrió el mismo martes a las dos de la madrugada. Devolvía sus cartas cerradas. Dejó de salir porque encontraba a Fortunato en lugares inesperados: observándola desde el palco vecino en la ópera, en la calle dispuesto a abrirle la puerta del coche antes de que su chofer alcanzara a esbozar el gesto, materializándose como una ilusión en un ascensor o en alguna escalera. Estaba prisionera en su casa, asustada. Ya se le pasará, ya se le pasará, se repetía, pero Fortunato no se disipó como un mal sueño, seguía allí, al otro lado de las paredes, resoplando. La mujer pensó llamar a la policía o recurrir a su marido, pero su horror al escándalo se lo impidió. Una mañana estaba atendiendo su correspondencia, cuando el mayordomo le anunció la visita del presidente de la empresa Fortunato e Hijos.

—¿En mi propia casa, cómo se atreve? —murmuró Patricia con el corazón al galope. Necesitó echar mano de la implacable disciplina adquirida en tantos años de actuar en salones, para disimular el temblor de sus manos y su voz. Por un instante tuvo la tentación de enfrentarse con ese demente de una vez para siempre, pero comprendió que le fallarían las fuerzas, se sentía derrotada antes de verlo.

—Dígale que no estoy. Muéstrele la puerta y avísele a los empleados que ese caballero no es bienvenido en esta casa —ordenó.

Al día siguiente no hubo flores exóticas al desayuno y Patricia pensó, con un suspiro de alivio o de despecho, que el hombre había entendido por fin su mensaje. Esa mañana se sintió libre por primera vez en la semana y partió a jugar tenis y al salón de belleza. Regresó a las dos de la tarde con un nuevo corte de pelo y un fuerte dolor de cabeza. Al entrar vio sobre la mesa del vestíbulo un estuche de terciopelo morado con la marca de Zimmerman impresa en letras de oro. Lo abrió algo distraída, imaginando que su marido lo había dejado allí, y encontró un collar de esmeraldas acompañado de una de esas rebuscadas tarjetas de color sepia, que había aprendido a conocer y a detestar. El dolor de cabeza se le transformó en pánico. Ese aventurero parecía dispuesto a arruinarle la existencia, no sólo le compraba a su propio marido una joya imposible de disimular, sino que además se la enviaba con todo desparpajo a su casa. Esta vez no era posible echar el regalo a la basura como las rumas de flores recibidas hasta entonces. Con el estuche apretado contra el pecho se encerró en su escritorio. Media hora más tarde llamó al chofer y lo mandó a entregar un paquete a la misma dirección donde había devuelto varias cartas. Al desprenderse de la joya no sintió alivio alguno, por el contrario, tenía la impresión de hundirse en un pantano.

Pero para esa fecha también Horacio Fortunato caminaba por un lodazal, sin avanzar ni un paso, dando vueltas a tientas. Nunca había necesitado tanto tiempo y dinero para cortejar a una mujer, aunque también era cierto, admitía, que hasta entonces todas eran diferentes a ésta. Se sentía ridículo por primera vez en su vida de saltimbanqui, no podía continuar así por mucho tiempo, su salud de toro empezaba a resentirse, dormía a sacudones, se le acababa el aire en el pecho, el corazón se le atolondraba, sentía fuego en el estómago y campanas en las sienes. Sus negocios también sufrían el impacto de su mal de amor, tomaba decisiones precipitadas y perdía dinero. Carajo, ya no sé quién soy ni dónde estoy parado, maldita sea, refunfuñaba sudando, pero ni por un momento consideró la posibilidad de abandonar la cacería.

Con el estuche morado de nuevo en sus manos, abatido en un sillón del hotel donde se hospedaba, Fortunato se acordó de su abuelo. Rara vez pensaba en su padre, pero a menudo volvía a su memoria ese abuelo formidable que a los noventa y tantos años todavía cultivaba sus hortalizas. Tomó el teléfono y pidió una comunicación de larga distancia.

El viejo Fortunato estaba casi sordo y tampoco

podía asimilar el mecanismo de ese aparato endemoniado que le traía voces desde el otro extremo del planeta, pero la mucha edad no le había quitado la lucidez. Escuchó lo mejor que pudo el triste relato de su nieto, sin interrumpirlo hasta el final.

—De modo que esa zorra se está dando el lujo de burlarse de mi muchacho, ¿eh?

—Ni siquiera me mira, Nono. Es rica, bella, noble, tiene todo.

—Ajá... y también tiene marido.

—También, pero eso es lo de menos. ¡Si al menos me dejara hablarle!

—¿Hablarle? ¿Y para qué? No hay nada que decirle a una mujer como ésa, hijo.

—Le regalé un collar de reina y me lo devolvió sin una sola palabra.

—Dale algo que no tenga.

—¿Qué, por ejemplo?

—Un buen motivo para reírse, eso nunca falla con las mujeres. —Y el abuelo se quedó dormido con el auricular en la mano, soñando con las doncellas que lo amaron cuando realizaba acrobacias mortales en el trapecio y bailaba con su mona.

Al día siguiente el joyero Zimmerman recibió en su oficina a una espléndida joven, manicurista de profesión, según explicó, que venía a ofrecerle por la mitad de precio el mismo collar de esmeraldas que él había vendido cuarenta y ocho horas antes. El joyero recordaba muy bien al comprador, imposible olvidarlo, un patán presumido.

—Necesito una joya capaz de tumbarle las defensas a una dama arrogante —había dicho.

Zimmerman le pasó revista en un segundo y decidió que debía ser uno de esos nuevos ricos del petróleo o la cocaína. No tenía humor para vulgaridades, estaba habituado a otra clase de gente. Rara vez atendía él mismo a los clientes, pero ese hombre había insistido en hablar con él y parecía dispuesto a gastar sin vacilaciones.

—¿Qué me recomienda usted? —había preguntado ante la bandeja donde brillaban sus más valiosas prendas.

—Depende de la señora. Los rubíes y las perlas lucen bien sobre la piel morena, las esmeraldas sobre piel más clara, los diamantes son perfectos siempre.

—Tiene demasiados diamantes. Su marido se los regala como si fueran caramelos.

Zimmerman tosió. Le repugnaba esa clase de confidencias. El hombre tomó el collar, lo levantó hacia la luz sin ningún respeto, lo agitó como un cascabel y el aire se llenó de tintineos y de chispas verdes, mientras la úlcera del joyero daba un respingo.

—¿Cree que las esmeraldas traen buena suerte?

—Supongo que todas las piedras preciosas cumplen ese requisito, señor, pero no soy supersticioso.

—Ésta es una mujer muy especial. No puedo equivocarme con el regalo, ¿comprende?

—Perfectamente.

Pero por lo visto eso fue lo que ocurrió, se dijo Zimmerman sin poder evitar una sonrisa sarcástica, cuando esa muchacha le llevó de vuelta el collar. No, no había nada malo en la joya, era ella la que constituía un error. Había imaginado una mujer más refinada, en ningún caso una manicurista con esa cartera de plástico y esa blusa ordinaria, pero la muchacha lo intrigaba, había algo vulnerable y patético en ella, pobrecita, no tendrá un buen final en manos de ese bandolero, pensó.

—Es mejor que me lo diga todo, hija —dijo Zimmerman, finalmente.

La joven le soltó el cuento que había memorizado y una hora después salió de la oficina con paso ligero. Tal como lo había planeado desde un comienzo, el joyero no sólo había comprado el collar, sino que además la había invitado a cenar. Le resultó fácil darse cuenta de que Zimmerman era uno de esos hombres astutos y desconfiados para los negocios, pero ingenuo para todo lo demás, y que sería sencillo mantenerlo distraído por el tiempo que Horacio Fortunato necesitara y estuviera dispuesto a pagar.

Ésa fue una noche memorable para Zimmerman, quien había contado con una cena y se encontró viviendo una pasión inesperada. Al día siguiente volvió a ver a su nueva amiga y hacia el fin de semana le anunció tartamudeando a Patricia que partía por unos días a Nueva York a una subasta de alhajas rusas, salvadas de la masacre de Ekaterimburgo. Su mujer no le prestó atención.

Sola en su casa, sin ánimo para salir y con ese dolor de cabeza que iba y venía sin darle descanso, Patricia decidió dedicar el sábado a recuperar fuerzas. Se instaló en la terraza a hojear unas revistas de moda. No había llovido en toda la semana y el aire estaba seco y denso. Leyó un rato hasta que el sol comenzó a adormecerla, el cuerpo le pesaba, se le cerraban los ojos y la revista cayó de sus manos. En eso le llegó un rumor desde el fondo del jardín y pensó en el jardinero, un tipo testarudo, quien en menos de un año había transformado su propiedad en una jungla tropical, arrancando sus macizos de crisantemos para dar paso a una vegetación desbordada. Abrió los ojos, miró distraída contra el sol y notó que algo de tamaño desusado se movía en la copa del aguacate. Se quitó los lentes oscuros y se incorporó. No había duda, una sombra se agitaba allá arriba y no era parte del follaje.

Patricia Zimmerman dejó el sillón y avanzó un par de pasos, entonces pudo ver con nitidez a un fantasma vestido de azul con una capa dorada que pasó volando a varios metros de altura, dio una voltereta en el aire y por un instante pareció detenerse en el gesto de saludarla desde el cielo. Ella sofocó un grito, segura de que la aparición caería como una piedra y se desintegraría al tocar tierra, pero la capa se infló y aquel coleóptero radiante estiró los brazos y se aferró a un níspero vecino. De inmediato surgió otra figura azul colgada de las piernas en la copa del otro árbol, columpiando por las muñecas a una niña coronada de flores. El primer trapecista hizo una señal y el segundo le lanzó a la criatura, quien alcanzó a soltar una lluvia de mariposas de papel antes de verse cogida por los tobillos. Patricia no atinó a moverse mientras en las alturas volaban esos silenciosos pájaros con capas de oro.

De pronto un alarido llenó el jardín, un grito largo y bárbaro que distrajo a Patricia de los trapecistas. Vio caer una gruesa cuerda por una pared lateral de la propiedad y por allí descendió Tarzán en persona, el mismo de la matiné en el cinematógrafo y de las historietas de su infancia, con su mísero taparrabo de piel de tigre y un mono auténtico sentado en su cadera, abrazándolo por la cintura. El Rey de la Selva aterrizó con gracia, se golpeó el pecho con los puños y repitió el bramido visceral, atrayendo a todos los empleados de la casa, que se precipitaron a la terraza. Patricia les ordenó con un gesto que se quedaran quietos, mientras la voz de Tarzán se apagaba para dar paso a un lúgubre redoble de tambores anunciando a una comitiva de cuatro egipcios que avanzaban de medio lado, cabeza y pies torcidos, seguidos por un jorobado con capucha a rayas, quien arrastraba una pantera negra al extremo de una cadena. Luego aparecieron dos monjes cargando un sarcófago y más atrás un ángel de largos cabellos áureos, y cerrando el cortejo un indio disfrazado de japonés, en bata de levantarse y encaramado en patines de madera. Todos se detuvieron detrás de la piscina. Los monjes depositaron el ataúd sobre el césped, y mientras las vestales canturreaban en alguna lengua muerta y el Ángel y Kuramoto lucían sus prodigiosas musculaturas, se levantó la tapa del sarcófago y un ser de pesadilla emergió del interior. Cuando estuvo de pie, con todos sus vendajes a la vista, fue evidente que se trataba de una momia en perfecto estado de salud. En ese momento Tarzán lanzó otro aullido y sin que mediara ninguna provocación se puso a dar saltos alrededor de los egipcios y a sacudir al simio. La Momia perdió su paciencia milenaria, levantó un brazo y lo dejó caer como un garrotazo en la nuca del salvaje, dejándolo inerte con la cara enterrada en el pasto. La mona trepó chillando a un árbol. Antes de que el faraón embalsamado liquidara a Tarzán con un segundo golpe, éste se puso de pie y se le fue encima rugiendo. Ambos rodaron anudados en una posición inverosímil, hasta que se soltó la pantera y entonces todos corrieron a buscar refugio entre las plantas y los empleados de la casa volaron a meterse en la cocina. Patricia estaba a punto de lanzarse a la pileta, cuando apareció por encantamiento un individuo de frac y sombrero de copa, que de un sonoro latigazo detuvo en seco al felino y lo dejó en el suelo ronroneando como un gato con las cuatro patas en el aire, lo cual permitió al jorobado recuperar la cadena, mientras el otro se quitaba el sombrero y extraía de su interior una torta de merengue, que trajo hasta la terraza y depositó a los pies de la dueña de casa.

Por el fondo del jardín aparecieron los demás de la comparsa: los músicos de la banda tocando marchas militares, los payasos zurrándose bofetones, los enanos de las Cortes Medievales, la equitadora de pie sobre su caballo, la mujer barbuda, los perros en bicicleta, el avestruz vestido de colombina y por último una fila de boxeadores con sus calzones de satén y sus guantes de reglamento, empujando una plataforma con ruedas coronada por un arco de cartón pintado. Y allí, sobre ese estrado de emperador de utilería, iba Horacio Fortunato con su melena aplastada con brillantina, su irrevocable sonrisa de galán, orondo bajo su pórtico triunfal, rodeado por su circo inaudito, aclamado por las trompetas y los platillos de su propia orquesta, el hombre más soberbio, más enamorado y más divertido del mundo. Patricia lanzó una carcajada y le salió al encuentro.

MARIO BENEDETTI

Puentes como liebres

iremos, yo, tus ojos y yo, mientras
[descansas,
bajo los tersos párpados vacíos,
a cazar puentes, puentes como liebres,
por los campos del tiempo que vivimos.

PEDRO SALINAS

1

Había oído mencionar su nombre, pero la primera vez que la vi fue un rato antes de subir al vapor de la carrera. Mis viejos y mis hermanas habían venido a despedirme y estaban algo conmovidos, no porque viajara a Buenos Aires a pasar una semana con mis primos sino porque a mis dieciséis años nunca había ido solo «al extranjero».

Ella también estaba en la dársena pero en otro grupo, creo que con su madre y con su abuela. Fue entonces que mamá le dijo discretamente a mi hermana mayor: «Qué linda se ha puesto la hija de Eugenia

Carrasco. Pensar que hace dos años era sólo una guri- sa.» Mamá tenía razón: yo no podía saber cómo lucía dos años atrás la hija de Eugenia, pero ahora en cambio era una maravilla. Delgada, con el pelo rojizo sujeto en la nuca con un moño, tenía unos rasgos delicados que me parecieron casi etéreos y en el primer momento atribuí esa visión a la neblina. Luego pude comprobar que, con niebla o sin niebla, ella era así.

Al igual que yo, viajaba sola. Poco después, ya con el barco en movimiento, nos cruzamos en un pasillo y me miró como reconociéndome. Dijo: «¿Vos sos el hijo de Clara?», exactamente cuando yo preguntaba: «¿Vos sos la hija de Eugenia?» Nos avergonzamos al unísono, pero fue más cómodo soltar la risa. Tomé nota de que, cuando reía, podía ser una pícara que se hacía la inocente, o viceversa.

Inmediatamente cambié mi rumbo por el suyo. Iba pensando proponerle que cenáramos juntos y ensayaba mentalmente la frase cuando nos encontramos con el restaurante, así que se lo dije. «Y mirá que tengo plata.» Me gustó que aceptara de entrada, sin recurrir al filtro de negativas e insistencias tan usado por los adultos en los años treinta.

«Ah, pero somos algo más que el hijo de Clara y la hija de Eugenia, ¿no te parece? Yo me llamo Celina.» «Y yo Leonel.» El mozo del restaurante nos tomó por hermanos. «Qué aventura», dijo ella. Estuve por decir *aventura incestuosa*, pero pensé que iba demasiado rápido. Entonces ella dijo «aventura incestuosa» y no tuve más remedio que ruborizarme. Ella también pero por solidaridad, estoy seguro.

Me preguntó si sabía en qué estaba pensando. Qué

iba a saber. «Bueno, estoy pensando en la cara que pondría mi abuela si supiera que estoy cenando con un muchacho.» Albricias: el muchacho era yo. Y el mozo que me preguntaba si iba a pedir el menú económico. Por supuesto. Y el mozo que preguntaba si mi hermanita también. Y ella que sí, claro, «por algo somos inseparables». Se fue el mozo y dije: «Ojalá.» «Ojalá qué.» Me di cuenta de que había conseguido desorientarla. «Ojalá fuéramos inseparables.»

Ella entendió que era algo así como una declaración de amor. Y era.

Cuando estábamos terminando la crema aurora, me preguntó por qué había dicho eso, y estaba seria y lindísima. Yo no estaba lindísimo pero sí estaba serio cuando imaginé que la mejor respuesta era enviarle mi mano por entre el tenedor y las copas, pero ella: «Ay, no, acordate que somos hermanitos.» Hay que ver los problemas que tenían los chicos, allá por 1937, en los preámbulos del amor. Era como si todos, las madres, las tías, las madrinas, las abuelas, los siglos en fin, nos estuvieran contemplando. Entonces, con las manos muy quietas pero crispadas, le contesté por fin que le había dicho eso porque me gustaba, nada más. Y ella: «Me gusta cómo decís que te gusto.» Ah, pero a mí me gustaba que a ella le gustara cómo decía yo que me gustaba. Sí, ya sé, qué pavadas. Pero a nosotros nos sonaban como clarinadas de genio, de esas que aparecen en los diccionarios de frases famosas.

Cuando estábamos en el churrasco ella dijo que hasta ahora no se había enamorado, pero quién sabe. «Además, sólo tengo quince años.» Y yo dieciséis. Pero quién sabe. Y desplegaba su sonrisa. Comparada

25

con la suya, la de la Gioconda era una pobre mueca. Debo agregar que, a pesar de sus rasgos etéreos, demostró un apetito voraz. Del churrasco no quedaron ni huellas. Yo por lo menos dejé una papa, nada más que para que el mozo no pensara que éramos unos muertos de hambre.

En el postre nos contamos las vidas. En su clase había quien le tenía ojeriza porque era la única que obtenía sobresalientes en matemáticas. «A mí también me entusiasman las matemáticas», exclamé radiante y hasta me lo creí, pero sólo era una mentira autopiadosa, ya que entonces las odiaba y todavía hoy me dura el rencor. Sus padres estaban separados, pero lo había asimilado bien. «Era mucho peor cuando estaban juntos y se insultaban a diario.» Lamenté profundamente que mis padres no se hubieran divorciado, más bien estaban contentos de estar juntos. Lo lamenté porque habría sido otra coincidencia, pero la verdad es que no me atreví a modificar de ese modo la historia. «Leonel, no lo lamentes, es mucho mejor que se lleven bien, así se ocupan menos de vos. Si viven agraviándose, se quedan con una inquina espantosa y después se desquitan con uno.»

Tomamos café, que estaba recalentado, casi diría que repugnante, pero sin embargo nos desveló. Al menos ni ella ni yo teníamos ganas de volver a nuestros respectivos camarotes. Celina compartía el suyo con dos viejas; yo, con tres futbolistas. Menos mal que la noche estaba espléndida. Aquí ya no había niebla y la Vía Láctea era emocionante. Estuvimos un rato mirando el agua, que golpeaba y golpeaba, pero hacía frío y decidimos sentarnos adentro, en un sofá

26

enorme. Ella se puso un saquito porque estaba temblando, y yo, para transmitirle un poco de calor, apoyé mi largo brazo sobre sus hombros encogidos. El ruido del agua, el olor salitroso que nos envolvía y los pasillos totalmente desiertos creaban un ambiente que me pareció cinematográfico. Era como si actuáramos dentro de una película. Nosotros, la pareja central.

Estuvimos callados como media hora, pero los cuerpos se contaban historias, hacían proyectos, no querían separarse. Cuando apoyó la cabeza en mi hombro, yo balbuceé: «Celina.» Movió apenas el cabello rojizo, sin mirarme, a modo de saludo. Un largo rato después, cuando yo creía que estaba dormida, dijo despacito: «Pero quién sabe.»

2

La segunda vez fue siete años más tarde. Me había quedado solo en Montevideo. Toda la familia estaba en Paysandú, con mis tíos. Yo no había podido acompañarlos porque había dejado de estudiar y trabajaba en una empresa importadora. El gerente era un inglés insoportable: o sea que estaba totalmente descartado el que yo pidiera una semana libre. El *leitmotiv* de su puta vida eran los repuestos para automóviles, que constituían el principal renglón de la empresa. Hablaba de pistones, pernos, válvulas de admisión y de escape, aros, cintas de freno, bujías, etc., con una fruición casi sibarítica. Reconozco que también hablaba de golf y los sábados siempre aparecía con los benditos palos, porque al mediodía, cuando cerrábamos, se iba con el hijo al Club, en Punta Carretas, y allí se hacían la farrita.

Era un mediocre, un torpón, y sin embargo autoritario, enquistado en un gesto definitivamente agrio que también incluía al hijo, que era flaquísimo y curiosamente se llamaba Gordon. Al viejo sólo lo vi hacer bromas y reírse en falsete cuando venía de inspección, cada tres meses, el director general, un yanqui retacón de cogote morado, nada torpe por cierto, que no jugaba al golf ni entendía demasiado de pernos y bujes, pero que vigilaba el negocio como un sabueso y en el fondo despreciaba profundamente a aquel británico de medio pelo y ambición chiquita. Reconozco que esos matices los advierto ahora, a varios lustros de distancia, pero en aquel entonces no hacía distingos: odiaba a ambos por igual.

Mi trabajo era múltiple. Vendía accesorios en el mostrador, atendía la caja, cotejaba cada factura con la mercadería correspondiente (se habían detectado varias evasiones de pistones) y en los ratos libres, o en horas extras, el gerente me llamaba para dictarme cartas que yo tomaba taquigráficamente. Ocho o nueve horas en ese ritmo me dejaban aturdido y fatigado. De más está decir que no era un trabajo esplendoroso.

Esa tarde estaba en el mostrador midiendo unos pernos que pedía un mecánico, cuando se hizo un silencio. Eso siempre ocurría en las escasas ocasiones en que entraba al comercio una mujer joven. Nuestros artículos no eran especialmente atractivos para el público femenino. Sin embargo, además de los accesorios para automóviles vendíamos linóleo, motores fuera borda y cajas de herramientas, y dos o tres veces al año entraba alguna dama a pedir precios en cualquiera de esos rubros, aclarando siempre que se trataba de un regalo o de un encargo.

Yo seguí con los pernos, discutiendo además con el mecánico, que juraba y perjuraba que no eran para un Ford V8, como yo le decía. Al fin pude convencerlo con argumentos irrebatibles y pagó su compra con cara de derrotado. Levanté los ojos y era Celina. Al principio no la reconocí. Se había convertido en una mujercita de primera. Ya no era etérea, pero irradiaba una seguridad y un aplomo que impresionaban. Además, no era exactamente linda sino hermosa. Y yo, con las manos sucias del aceite de los pernos, no salía de mi estupor.

«Pero, Leonel, ¿qué hacés entre tantos fierros?» Lo sentí como un agravio personal: para ella todos aquellos carísimos accesorios que proporcionaban pingües ganancias a la empresa, eran sólo fierros. «¿Y vos? ¿Venís a comprar alguno?» No, simplemente se había enterado de que yo trabajaba allí y se le ocurrió saludarme. ¿Dónde se había metido desde aquella vez? Nunca más había sabido de ella. Hasta las mujeres de mi familia le habían perdido el rastro. «Estuve en Estados Unidos, en realidad todavía vivo allí, pero la historia es larga, no querrás que te la cuente aquí.» De ninguna manera, y menos ahora que el inglés ha empezado a pasearse con las manos atrás, y yo conozco ese preludio. Así que quedamos en encontrarnos esta noche. ¿Dónde? En mi casa, en la suya, en un café, donde quiera. «Tiene que ser hoy, ¿sabés?, porque mañana me voy de nuevo.» Y el gerente, en vez de disfrutar de aquellas piernas que se alejaban taconeando, me miró con su severidad despreciativa y colonizadora. Por las dudas, escondí mi nariz en una caja de arandelas.

Vino a mi casa y yo no había tenido tiempo de decirle que estaba solo. Ahora pienso que tal vez no se lo habría dicho aunque hubiese tenido tiempo. El proyecto era tomar unos tragos e irnos a cenar, pero al llegar me dio un abrazo tan cálido, tan acompañado de otras sustentaciones y recados, que nos quedamos allí nomás, en un sofá que se parecía un poco al del barco, sólo que esta vez no apoyó su cabeza en mi hombro y además no temblaba sino que parecía inmune, segura, ilesa.

Con siete años de incomunicación, tuvimos que contarnos otra vez las vidas. Sí, se había ido a Estados Unidos, enviada por la familia. Estaba estudiando psicología, quería concluir su carrera y luego regresar. No, no le gustaba aquello. Tenía amigos inteligentes, pródigos, entretenidos, pero observaba en la conducta de los norteamericanos un doble nivel, un juego en duplicado: y esto en la amistad, en el sexo, en los negocios. Herencia del puritanismo, tal vez. Todos tenemos una dosis más o menos normal de hipocresía, pero ella nunca la había visto convertida en un rasgo nacional.

No podía conformarse con que yo estuviera vendiendo accesorios de automóviles. «¿No lo hago bien?» «Claro que lo hacés bien, ya vi cómo convenciste a aquel mecánico tan turro. Se ve que sos un experto en fierros. Pero estoy segura de que podés hacer algo mejor. ¿No te gustaban tanto las matemáticas?» «Nada de eso, aquella noche lo dije para que tuviéramos un territorio común. Además estoy seguro de que, si hubieras estado junto a mí, al final me habrían gustado, pero desapareciste, y mañana te vas.»

Se va y no puedo creerlo. Por primera vez tomo conciencia de mi desamparo, por primera vez me digo, y se lo digo, que con ella puedo ser mucho y que sin ella no seré nada. Responde que sin mí ella tampoco será nada, pero que no hay que obligar al azar. «Ves cómo nos separamos y él viene y nos junta. Quién puede saber lo que vendrá. A lo mejor yo me caso, y vos también, por tu lado. No hay que prometer nada porque las promesas son horribles ataduras, y cuando uno se siente amarrado tiende a liberarse, eso es fatal.»

Era lindo escucharla, pero era mejor sentirla tan cerca. En ese momento me pareció que ella también tenía un doble nivel, pero sin hipocresía. Quiero decir que mientras desarrollaba todo ese razonamiento tan abierto al futuro, sus ojos me decían que la abrazara, que la besara, que iniciara por fin los trámites básicos de nuestro deseo. Y cómo podía negarle lo que esos ojos tan tiernos y elocuentes me pedían. La abracé, la besé. Sus labios eran una caricia necesaria, cómo podía haber vivido hasta ahora sin ellos. De pronto nos separamos, nos contemplamos y coincidimos en que el momento había llegado. Pero cuando yo alargaba mi mano hasta su escote, casi dibujando por anticipado el ademán de ir abriendo el paraíso, en ese instante llegó el ruido de la cerradura en la puerta de abajo.

«Mis padres —dije—, pero si iban a regresar mañana». No eran mis padres sino mi hermana mayor. «Hola, Marta, qué pasó.» Mamá se había sentido mal, por eso ella venía a buscarme. Le pregunté si era algo serio y dijo que probablemente sí, que papá estaba con ella en el sanatorio. «Perdón, con la sorpresa omití presentarte a Celina Carrasco. Ésta es Marta, mi hermana.» «Ah, no sabía que se conocían. ¿Pero no estabas en el extranjero?» «Sí, vive en Estados Unidos y regresa mañana.» «Bueno —dijo Celina con la mayor naturalidad—, ya me iba, todavía tengo que hacer las valijas, ya saben lo que es eso. Espero que no sea nada serio lo de tu mamá.» «Gracias y buen viaje», dijo Marta.

3

El azar estuvo esta vez muy remolón, ya que la ocasión siguiente sólo apareció en 1965. Yo ya no trabajaba entre los *fierros*. Unos meses después de la muerte de mamá, el viejo me llamó muy solemnemente y me comunicó que su propósito era hacer cuatro porciones con el dinero y los pocos bienes que tenía: él se quedaría con una, y las otras tres serían para mí y mis dos hermanas. Me indigné, traté de convencerlo: que él todavía era joven, que podía necesitar ese dinero, que nosotros teníamos nuestros ingresos, etc., pero se mantuvo. Le alcanzaba perfectamente con la jubilación y en cambio para nosotros ese dinero podía ser la base para algún buen proyecto. Y que concretamente en mi caso ya estaba bien de vender válvulas y cintas de freno. Y que no se admitían correcciones a la voluntad paterna.

Así fue. Marta se buscó una socia y abrió una *boutique* en la calle Mercedes; mi hermana menor, Adela, menos emprendedora, simplemente invirtió la suma en bonos hipotecarios; por mi parte, dije adiós sin preaviso al gerente golfista y su mal humor e instalé (viejo sueño) una galería de arte. Le puse un nombre obviamente artístico: La Paleta. Algunos amigos quedaron desconsolados con mi escasa imaginación, pero yo, cuando venía por Convención y contemplaba desde lejos el letrero Galería La Paleta, me sentía casi ufano.

Ah, me olvidaba de algo importante: en 1950 me había casado. Creo que tomé la decisión cuando supe, por un pintor uruguayo residente en Nueva York, que Celina se había casado en Estados Unidos con un arquitecto venezolano. Mi mujer, Norma, trabajaba en un Banco y de noche era actriz de un teatro independiente. Tuvo algunos buenos papeles y los aprovechó. Yo iba siempre a los estrenos y en compensación ella venía a La Paleta cuando se inauguraba una muestra. Pero debo reconocer que nos veíamos poco.

En una ocasión (creo que era una obra de autor italiano) Norma debía aparecer desnuda tras una mampara no transparente sino traslúcida. Digamos que no se veía pero se veía. La noche del estreno me sentí ridículo por dos razones: la primera, que una platea repleta presenciara (ay, en mi presencia) y aplaudiera el lindo cuerpo de mi mujer, y la segunda: si éramos civilizados no podía ser que yo me sintiera mal, y sin embargo me sentía. Ergo, era un producto de la barbarie. Después de esa autocrítica, me divorcié.

No pude sin embargo contarle esa historia a Celina porque si bien vino al cóctel de La Paleta (se inauguraba la muestra retrospectiva de Evaristo Dávila), lo hizo acompañada de su arquitecto venezolano quien para colmo se interesaba abusivamente por la pintura y no sólo me hizo poner una tarjeta de *adquirido* bajo dos lindas acuarelas de Dávila (eran más baratas que los óleos) sino que se prometió y me prometió venir nuevamente por la galería antes de emprender regreso a Los Ángeles, y todo ello «porque a esta altura del partido, los cuadros son la mejor inversión».

Celina me acribilló a preguntas. Sabía que me había casado, pero cuando me preguntó por mi mujer («Ya sé que es encantadora, ¿tenés hijos?, de qué se ocupa, se llama Norma, ¿no?») se quedó con la boca abierta cuando le dije que nos habíamos divorciado. Emergió como pudo de aquel bache, sobre todo porque el arquitecto frunció el entrecejo y ella no tuvo más remedio que dedicarse a elogiar la galería. «¿Viste cómo yo tenía razón? Era un crimen que estuvieras enterrado en aquella empresa espantosa, con aquel gerente tan desagradable. Supe que tu mamá había fallecido, pero no habrá sido precisamente aquella noche en que llegó tu hermana, ¿verdad?» Sí, había sido precisamente aquella noche.

Me dije que seguía siendo muy atractiva pero que sin embargo había perdido un poco, no demasiado, de su frescura, y eso se advertía sobre todo en su risa, que ya no estaba a medio camino entre la inocencia y la picardía, sino que era primordialmente sociable. Me dije todo eso, pero a ella en cambio le aseguré que se la veía muy rozagante. Me pareció que el arquitecto esbozaba una sonrisa de comisuras irónicas, pero quizá fue un falso indicio. Seguían viviendo en Estados Unidos, pero querían mudarse a San Francisco. «Es la única ciudad norteamericana que soporto, debe ser porque tiene cafés y no sólo cafeterías y te podés quedar sentado durante horas junto a una ventana leyendo el diario con un solo exprés.» Por fortuna el arquitecto se encontró con un viejo amigo, el abrazo fue entusiasta y los palmoteos en las respectivas nucas sirvieron de prólogo a un aparte íntimo en el que presumiblemente se pusieron al día. Yo aproveché para mirarla a los ojos y hacerle una pregunta que evidentemente ella había tratado de frenar mediante aquella superflua animación: «¿Cómo estás realmente?» Cerró los ojos durante unos segundos y cuando los abrió era la Celina de siempre, aunque más apagada. «Mal», dijo.

4

A la hora convenida, ya no recuerdo cuál era, la gente había aparecido simultáneamente desde las calles laterales, desde los autos estacionados, desde las tiendas, desde las oficinas, desde los ascensores, desde los cafés, desde las galerías, desde el pasado, desde la historia, desde la rabia. Ya hacía dos semanas que, como respuesta al golpe militar, la central de trabajadores había aplicado la medida que tenía prevista para esa situación anómala: una huelga general.

Mientras caminaba, como los otros miles, por Dieciocho, pensé que a lo mejor era sólo un sueño.

Todo había sido tan vertiginoso y colectivo. Además la gente se movía como en los sueños, casi ingrávida y sin embargo radiante. Cada uno tenía conciencia de los riesgos y también de que participaba en un atrevido pulso comunitario, casi un jadeo popular. Era como respirar audiblemente, osadamente, con mis pulmones y los de todos. Nunca sentí, ni antes ni después de aquel lunes 9 de julio del 73, un impulso así, una sensación tan nítida y envolvente de adónde iba y a qué pertenecía. Nos mirábamos y no precisábamos decirnos nada: todos estábamos en lo mismo. Nos sentíamos estafados pero a la vez orgullosos de haber detectado y denunciado al estafador. Creíamos que nadie podría con nosotros, así, desarmados e inermes como andábamos, pero sin la menor vacilación en cuanto a desembarazarnos de esos alucinantes invasores que nos apuntaban, nos despreciaban, nos temían, nos arrinconaban, nos condenaban. Y cuanto más terreno ganaba la tensión, cuanto más rápido era el paso de hombres y mujeres, de muchachos y muchachas, tanto más verosímil nos parecía ese remolino de libertad.

Recuerdo que en los balcones había mucho público, como si fuéramos los protagonistas de una parada antimilitar. De pronto me acordé: alguna vez había estado en uno de esos balcones, cuando había pasado el general De Gaulle bajo un terrible aguacero, chorreante y enhiesto como el obelisco de la Concorde. Y también recordé cómo bullía la avenida allá por el 50, cuando contra todos los vaticinios la selección uruguaya le había ganado a la brasileña en la final de Maracaná. Y más atrás, cuando la reconquista de París en la segunda guerra. Por la avenida siempre había pasado el aluvión.

Y ahora también. Uno se cruzaba con el amigo o el vecino y apenas le tocaba el brazo, para qué más. No había que distraerse, no había que perder un solo detalle. También nos cruzábamos con desconocidos y a partir de ese encuentro éramos conocidos, recordaríamos esa cara no para siempre, claro, pero al menos hasta la madrugada, porque nuestras retinas eran como archivos, queríamos absorber esa entelequia, queríamos concretarla en transeúntes de carne y hueso. Nada de abstracciones, por favor. Los labios apretados eran conscientes y reales; las sonrisas del prójimo, sucintas y ciertas. La calle avanzaba incontenible, con sus vidrieras y balcones; la calle articulaba, en inquietante silencio, su voluntad más profunda, su dignidad más dura. Los obreros, esos que pocas veces bajan al centro porque la fábrica los arroja al hogar con un cansancio aletargante, aprovechaban a mirar con inevitable novelería aquel mundo de oficinistas, dependientes, cajeras, que hoy se aliaba con ellos y empujaba. No había saña, ni siquiera rencor, sólo una convicción profunda, y hasta ahí no llegaba lo planificado. Las convicciones no se organizan; simplemente iluminan, abren rumbos. Son un rumor, pero un rumor confirmado que sube del suelo como un seísmo.

Y así, como un rumor, como un murmullo que venía en ondas, empezó a oírse el himno, desajustado, furioso y conmovedor como nunca. Cuando unos silabeaban *y que heroicos sabremos cumplir*, otros, más lentos o minuciosos, estaban aún estancados en *el voto que el alma pronuncia*. Pero fue más adelante, en el *ti-*

ranos temblad, o sea en pleno bramido con destinatarios, cuando la vi, a diez metros apenas, cantando ella también como una poseída. Y en esta cuarta vez, además del lógico sacudimiento, sentí también un poco de recelo, un amago casi indiscernible de desconcierto, la sospecha de haberme quedado no sólo lejos de su vida, como siempre había estado, sino fuera de su mundo y fuera también de su belleza, que aun a sus cincuenta (en octubre cumpliría cincuenta y uno) seguía siendo persuasiva; fuera de sus noticias, de su vida cotidiana, de sus ideas, y fuera también de este entusiasmo atronador en que estábamos envueltos, porque no lo habíamos alcanzado juntos sino cada uno por su lado, coleccionando destrozos y solidaridades. Sin embargo, de una cosa no me cabía duda: era la única mujer que realmente me había importado y aún me importaba. Hacía algunos meses, cuando había vendido La Paleta y abierto una librería de viejo en el Cordón (los amigos esta vez me convencieron de que no la llamara *Tomo y lomo*, como había sido mi intención, sino sencillamente *Los cielitos*), un cliente me dijo al pasar que el arquitecto Trejo y su mujer pensaban regresar de San Francisco para quedarse en Montevideo. En qué momento. Dejé pasar unas semanas y cuando estaba averiguando sus nuevas señas, vino el golpe y no sólo ese propósito sino todos los propósitos quedaron aplazados. El país entero quedó aplazado.

Y ahora ella estaba allí. La veía y en seguida la perdía de vista. A veces distinguía su tapado azul, o su cabeza que ya no era roja, pero de nuevo la perdía. Y así avanzaba, procurando no dar codazos porque en aquella muchedumbre no había enemigos. Pero ella, que no me había visto, también se movía y no precisamente hacia mí. Fue entonces que hubo un aaah de alerta, que fue creciendo, y luego gritos y corridas y gente que tropezaba y caía, porque la represión había empezado y sonaban disparos y tableteos y había humo y palos y yo queriendo verla, intentaba correr hacia ella, pero en la confusión las distancias variaban de minuto en minuto y ya era bastante la furia que se descargaba sobre nosotros y había que escapar, tiranos temblad, quizá el temblor era ese tableteo, y todo seguía aconteciendo en un nivel onírico, sólo que esos uniformados no eran ingrávidos y el sueño se había convertido en pesadilla.

5

La quinta vez fue en Atocha, antes de que tomáramos el tren nocturno que iba a Andalucía, un domingo de octubre de 1981. Yo llevaba cinco años viviendo en Madrid, como tercera escala del exilio. Dos días después de aquel imborrable 9 de julio, fueron a buscarme a casa de Norma, mi ex mujer, quien tuvo el buen tino de decirles que, aunque estábamos separados, tenía la impresión de que yo había viajado al extranjero. ¿Dónde? «Ni idea, él siempre viaja mucho y lógicamente, dada nuestra actual situación, no se molesta en comunicármelo.» Buena actriz, por suerte. Y yo, un sedentario congénito, tuve que irme a hurtadillas. Pero aun así, antes de cruzar la frontera, escondido en casa de amigos por tres o cuatro días, pude averiguar que Celina había sido detenida. También su

39

hijo. Me aseguraron que el arquitecto no salía de su estupor, y que era un estupor con doble llave.

Primero estuve en Porto Alegre, luego en París, por fin en Madrid, donde no me fue fácil conseguir trabajo. Durante seis meses viví de lo poco que me mandaban mis hermanas, pero esa ayuda me provocaba (resabios de machismo, claro) una incomodidad casi a flor de piel. Me sentía un *gigolo* de mis propias hermanas, y eso, en mi marco de pequeñoburgués progresista, era un escándalo. Por suerte, un buen grabador mexicano a quien yo conocía desde tiempo atrás porque había expuesto sus litografías en La Paleta, me presentó a la propietaria de una rimbombante galería del barrio de Salamanca, habló maravillas de mi conocimiento del ramo y como resultado empecé a trabajar. La dueña, una noruega veterana y buena tipa, pese a que no creyó una sola palabra del panegírico, se mostró dispuesta a sacarme del pozo. Más tarde se fue convenciendo de que yo podía serle de utilidad y empezó a mandarme a provincias a fin de que descubriera jóvenes promesas. Reconozco que descubrí varias, y doña Sigrid, como yo la llamaba, me fue tomando confianza.

Esta vez me enteré rápidamente de la presencia de Celina en Madrid. Había pasado tres años en la cárcel, acusada de servir de correo internacional, al servicio de actividades «subversivas». La habían tratado mal, pero no tan mal como a otras mujeres, casi todas mucho más jóvenes, que cayeron en aquellas jornadas de espanto. Por un lado su edad (cuando fue detenida tenía cincuenta y dos y al salir cincuenta y cinco) y sus maneras dignas y seguras que establecían una inevitable distancia con aquellos omnipotentes en bruto, y por otro sus vinculaciones con medios diplomáticos y políticos, hicieron que los militares le guardaran cierta consideración, aunque ésta siempre estuviera ligada a algo que para ellos constituía un enigma: por qué una dama culta, de buena familia, de aspecto impecable, de hábitos refinados, había arriesgado su confort, su libertad y hasta su matrimonio, comprometiéndose en una tarea loca, irresponsable, y para ellos sobre todo delictiva. Como en el fondo querían ser suaves con ella (aunque por supuesto sin hacerse acreedores a ningún tirón de orejas, ni de galones) fabricaron para sí mismos una explicación que les pareció verosímil: el hijo había estado metido hasta el pescuezo en faenas conspirativas y ella simplemente le había dado una mano. Una vez que la motivación adquirió un tinte maternal, y por ende familiar, occidental y cristiano, ya estuvieron en condiciones de tolerar su propia tolerancia. Hubo, es cierto, un suboficial que en un interrogatorio especialmente duro, frente a los altivos desplantes de la detenida perdió la compostura y la abofeteó varias veces, partiéndole el labio y dejándole un ojo tumefacto, pero también es cierto que el impulsivo fue sancionado. Celina (todo lo fui sabiendo de a poco, por amigos comunes) se sentía, en medio de todo, una privilegiada, ya que luego compartió su celda con varias muchachas que estaban literalmente reventadas. En cuanto a su hijo, sólo pudieron probarle una mínima parte de la pirámide de acusaciones, pero a él sí lo torturaron con delectación y estuvo cuatro meses en el Hospital Militar. Cumplió su condena de cinco años y luego lo deportaron. Ahora vivía con su mujer en Gotemburgo.

Para Celina esos años fueron decisivos. La prisión había cortado su vida en dos, y la libertad la había esperado con una pródiga canasta de problemas. En primer término, su matrimonio. La falta de solidaridad demostrada por el arquitecto (siempre había sido un hombre estrechamente vinculado a las transnacionales) había liquidado la convivencia conyugal, ya seriamente deteriorada en el momento de la detención. Fueron seis meses de discusiones interminables y por fin Celina decidió romper una unión que había durado nada menos que treinta años. Cuando todo estaba resuelto y habían por lo menos llegado al acuerdo de iniciar el divorcio una vez que Trejo regresara de un corto viaje a su paraíso norteño, el proyecto tuvo una brusca e imprevista modificación, ya que el arquitecto sufrió un síncope en el aeropuerto Kennedy, exactamente cuando los altavoces llamaban para su vuelo de Pan American. Mientras el hijo siguió en el penal, Celina permaneció en Montevideo, a pesar de que el muchacho, en cada visita, le pedía que se fuera: «Yo sé por qué te lo digo. Andate, vieja.» Pero la vieja sólo hizo sus bártulos cuando él le telefoneó desde Estocolmo que había llegado bien.

Precisamente, Celina venía ahora de Suecia, donde había pasado un mes con el hijo y la nuera. Su proyecto era estar dos meses en España y luego decidiría. Su situación económica le daba cierta seguridad, y aunque ayudaba frecuentemente al hijo, no pasaba dificultades.

Cuando la localicé por teléfono, gritó «Leonel», antes de que le aclarara quién la llamaba. Teníamos que vernos, claro, pero le dije que el domingo yo debía partir por tren nocturno hacia Andalucía y le propuse que me acompañara, así aprovechábamos el viaje a Huelva y Málaga y Granada para contarnos una vez más quiénes éramos. Hubo veinte segundos de silencio que me parecieron media hora y por fin dijo que bueno. Yo me encargaría de los billetes y de reservar los compartimientos, individuales y de primera por supuesto. ¿De acuerdo? De acuerdo. Imaginé que estaría sonriendo y que aun ahora la Gioconda saldría perdidosa.

La noche del domingo llegué a Atocha media hora antes de lo convenido. Ella en cambio apareció con veinte minutos de atraso. Desde lejos venía pidiendo perdón, perdón, y lo siguió diciendo ya muy quedo junto a mi oído cuando nos abrazamos. No había tiempo para ternuras, de modo que fuimos casi corriendo hasta el andén y por el andén hasta el final, donde estaba nuestro vagón. En realidad subimos dos minutos antes de que el convoy comenzara a moverse. Un tipo bastante amable nos acompañó hasta nuestras respectivas cabinas individuales, tal vez un poco extrañado de que no tuviéramos una doble.

Dejamos el equipaje y los abrigos y sólo entonces tuvimos tiempo de mirarnos. «En marzo voy a ser abuela», fue lo primero que me dijo. Algo así como un alerta. «Ah, yo no. Para no correr ese riesgo espantoso, tomé la precaución de no tener hijos.» Nos volvimos a mirar, pero indirectamente, gracias al cristal de la ventanilla. «Leonel, ¿será que por fin estaremos tranquilos vos y yo?» «Querida, has cometido tu primer error: yo no estoy tranquilo.» Tomé su mano y la conduje hasta ese reloj llamado cuore. El mío, claro. «Falluto, es por la corrida. A tus años. Mirá que no quiero chantajes cardiovasculares.» Mi desilusión debió de notarse porque apartó la mano del reloj y la pasó por mi pelo. «Quiero empezar por un comunicado oficial —dijo—, he llegado a la conclusión de que te quiero.» «¿Y cuándo fue eso?» «En la cárcel. Una noche me di varias veces la cabeza contra el muro. Por estúpida. Hace siglos que te quiero.» «¿Y entonces por qué desaparecías y te ibas a los Estados Unidos y te casabas y todas esas cosas horribles?» «Yo también podría preguntarte por qué te quedabas y te desgastabas entre los fierros y llegaba de improviso tu hermana y te casabas y te divorciabas y todas esas cosas horribles.» Sí, era cierto. En algún momento deberé darme la cabeza contra el muro.

Fuimos a cenar al vagón restaurante, pero no había ni crema aurora ni churrasco, así que tuvo que ser jamón de York y trucha a la almendra. «¿No te parece que desperdiciamos la vida?» «También hubo cosas buenas. Pero si te referís a la vida nuestra, a la vida vos-y-yo, estoy de acuerdo, la desaprovechamos.» Avancé la mano, como en el vapor de la carrera, por entre las copas y el tenedor, y ella la aceptó: «Aquí no somos hermanitos.» Tuve la impresión de que recordábamos todas nuestras frases (después de todo, no eran tantas) pronunciadas desde 1937 hasta ahora. Glosé otro versículo: «Tampoco somos inseparables.» «¿Te parece que no? Fíjate que siempre volvemos a encontrarnos.» Venía el camarero, traía y llevaba platos, vino, agua mineral, postres, café, y no sentíamos vergüenza de que nos sorprendiera mirándonos, y no como rutina, sino así, encandilados.

Pagamos, volvimos al vagón, estuvimos un rato en el pasillo vigilando las luces que llegaban, nos cruzaban y se iban. Le rodeé los hombros y ella recostó la cabeza. Como por ensalmo, los cuerpos empezaron a contarse historias, a hacer proyectos. No querían separarse. «Mañana en el hotel podríamos tener una habitación doble», dije. «Podríamos.»

De pronto me apretó el brazo, no dijo nada y se metió en su cabina. Me quedé un rato más en el pasillo, luego entré en la mía. Me quité la ropa, me puse el pijama, me lavé los dientes, bebí un vaso de agua. Sin demasiada convicción saqué de mi maletín los cuentos de Salinger que pensaba leer. Pero antes de acostarme toqué suavemente con los nudillos en la puerta doble que separaba los compartimientos.

Del otro lado también hubo nudillos y algo más. El cerrojo de la segunda puerta sonó duro, decidido. También descorrí el de mi lado. Nunca se me había ocurrido que si dos pasajeros se ponen de acuerdo en abrir la puerta doble, las cabinas pueden comunicarse.

Celina. Ya no es pelirroja ni delgadita ni sus rasgos etéreos han de confundirse con la niebla. También yo soy otra imagen. No preciso buscarme en el espejo desalentador. Sé que dos fiordos anuncian una calvicie que ni siquiera es prematura. Tengo un poco de barriga, vello blanco en el pecho, manos con las inconfundibles manchas del tiempo.

Ella apaga la luz, pero a veces algún foco atraviesa las estrías de la persiana y nuestros cuerpos aparecen, pero con barrotes de sombra, casi como dos cebras, esos pobres animales que jamás están desnudos. Nosotros sí. Nunca habíamos tenido nuestras desnudeces. Es un descubrimiento. Los besos del goce, las lenguas del apremio, los vellos contiguos por fin se reconocen, se piden, se inquieren, se responden.

Es incómodo hacer el amor en un ferrocarril, pero mucho más incómodo es no hacerlo. El jadeo del tren se funde con el nuestro, es un compás como el de un barco. Fuera el viento golpea como hace tantos años golpeaba el río como mar, y en realidad es mi adolescencia la que penetra alborozada en los quince años de mi único amor.

ALFREDO BRYCE ECHENIQUE

A veces te quiero mucho siempre

> ... y no hallé en qué poner los ojos
> que no fuese recuerdo de la muerte.
>
> FRANCISCO DE QUEVEDO

A mis hermanos Eduardo, Elena y Nelson

Había amarrado la lancha pero se había quedado sentado en el pequeño embarcadero y desde ahí continuaba contemplando la casa al atardecer. Sintió que el mayordomo lo estorbaba, cuando se le acercó a preguntarle si estaba satisfecho con su día de pesca y si deseaba que se fuera llevando las cosas. Últimamente había notado lo mucho que le molestaba que Andrés fuera un mayordomo tan solícito y que apareciera a cada rato a ofrecerle su ayuda. Y detestaba que se interesara tanto por el resultado de sus días de pesca. La familiaridad de Andrés, que él mismo había buscado, al comienzo, empezaba a irritarlo, pero qué culpa podía tener el pobre hombre. Además, se dijo, Andrés es un excelente cocinero y esta noche podré tomar esa sopa de pescado que nadie prepara tan bien como él. Alzó la cabeza e hizo un esfuerzo para sonreírle.

—Hoy no he tenido muy buena suerte con los pescados —le dijo—, pero hay suficiente para una buena sopa. Llévate todo menos las botellas y el cubo de hielo. Y de paso sírveme otra ginebra. Mucha ginebra, mucho hielo, y poca tónica.

Andrés siguió al pie de la letra las instrucciones, le preguntó si no deseaba nada más, pero él no le contestó. Ya lleva varios días así don Felipe, pensó, mientras se alejaba por el embarcadero con ambas manos cargadas, comprobando que hoy tampoco había tocado las cosas que le puso para que almorzara en la lancha. Desde que le ordenó decirle a cualquiera que llamara por teléfono que se había ausentado indefinidamente, don Felipe se contentaba con el café del desayuno y después no probaba bocado hasta la noche. Y por la noche sólo tomaba la sopa de pescado, con una botella de vino blanco. En cambio la ginebra... El mayordomo sacudió lenta y tristemente la cabeza. Cruzó el enorme jardín y desapareció por una puerta lateral de la casa.

Felipe lo había observado desde el embarcadero. Me pregunto qué cara pondría éste si Alicia apareciera aquí en Pollensa, pensó, sería capaz de pensar que se trata de una hija que nunca le he mencionado. Bebió un trago largo y pensó que podría haber brindado por Alicia. Después se dijo que Alicia era un nombre importante en su vida. A los diecisiete años había amado por primera vez, se había enamorado duro de

48

una muchacha llamada Alicia, durante un verano en Piura. En la playa de Colán, ante unas puestas de sol que jamás volvería a ver, el tiempo se detuvo para que la felicidad de besarla se tragara ese treinta de marzo en que se acababan las vacaciones y llegaba el día inexistente del imposible regreso a Lima, y a los detestables estudios. Recordaba cartas de Alicia, desde Piura, pero ahora, en su increíble casa de Bahía de Pollensa, se sentía completamente incapaz de recordar cuánto tiempo duró esa correspondencia ni qué hizo al final con las fotografías que, a menudo, ella le enviaba en esos sobres gordos de páginas. Recordaba, eso sí, la voz ronca de un cantante llamado Urquijo, al que siempre se había imaginado como un maloso de burdel, por la voz tan ronca y tan hombre, precisamente. *Acuérdate de Alicia*, cantó Urquijo, una madrugada, en la radiola del burdel de Rudy. Él estaba bailándose a una buena zamba y tratando de bajarle el precio. Ya no se acordaba de Alicia y se lo hizo saber de la manera más fácil. No le contestó más sus cartas a la pobre Alicia. Así debía ser Urquijo en la vida real, y con esa voz.

Fui todo un hombre, se dijo Felipe, sonriendo. Pero esta vez sí brindó por Alicia, antes de llevarse el vaso a los labios. Esta Alicia tenía apenas tres años más que la muchacha de Colán y estaba empezando sus estudios de Bellas Artes en la Universidad Católica. Y desde Lima, le escribía también cartas gordas de páginas que él respondía sin saber muy bien por qué. A veces relacionaba el asunto con su última visita al Perú, que había sido bastante agradable, pero le era imposible recordar el nombre del café de Barranco en que Alicia se le acercó con el pretexto de que lo había visto la noche anterior en la televisión. Felipe sonrió cuando ella le dijo que venía de su exposición y que estudiaba Bellas Artes en la Católica, mientras aprovechaba para sentarse a su lado sin preguntarle siquiera si estaba esperando a otra persona. Tomaron varias copas y Alicia no cesó de hablarle de sus cuadros, de alabarle cada vez más sus cuadros, hasta que por fin terminó diciéndole que era un trome porque exponía en París, en Tokio y en Nueva York.

—¿Y tú cómo sabes tantas cosas? —le preguntó Felipe.

—Sé todo de ti, Felipe —le respondió ella, cogiéndole ambas manos y mirándolo fijamente.

—Entonces debes saber mucho más de mí que yo —le dijo él, divertido ante la insistencia nerviosa e intensa con que ella tenía los ojos negros y húmedos clavados en los suyos.

—Lo sé todo, Felipe.

—No me digas que esto va a durar toda la vida...

—¿Qué va a durar toda la vida?

—Esos ojos así.

Alicia dio un pequeño respingo en su silla y le acercó aún más la cara. Felipe le hizo creer que se daba por vencido y la invitó a comer a su hotel. No estaba vestida para ese comedor y debía de tener unos treinta años menos que él, pero el asunto como que se volvió más divertido, gracias a eso, precisamente. Alicia con su pantalón gastado de terciopelo rojo, con su chompa roja de cuello alto y que le quedaba enorme, y con una casaca de cuero negro que debía de ser de su hermano mayor. El pelo largo, muy negro, y lacio, se metía en la conversación a cada rato y ella lo arrojaba nerviosamente detrás de sus hombros, mirando hacia ambos lados como si les estuviera diciendo quédense quietos, allí es donde deben estar, pelos del diablo. Su belleza no era extraordinaria, pero podía llegar a serlo, en ciertos movimientos, y sus ojos negros, cada vez más húmedos, definitivamente hablaban como locos. A Felipe le hacía gracia que ella ni cuenta se hubiera dado de dónde estaban, ni de que ese comedor andaluz y recargado estuviera lleno de gente que lo conocía y que era imposible empezar a comer hasta que ella no le soltara las manos.

—Lo sé todo de ti, Felipe.

—Ésa parece ser tu frase favorita —le dijo él, sonriendo—. Y ahora, si no te importa mucho, nos soltamos las manitas y comemos algo.

Estuvieron en el bar del hotel hasta las tres de la mañana, y el pianista era tan viejo como él, por lo menos, porque les tocó y cantó *Acuérdate de Alicia*, a pedido del caballero. Esta Alicia era limeña, y a eso de las seis de la mañana, le juró que algún día se iría a Mallorca, a su casa de Bahía de Pollensa, a darle el encuentro y a vivir con él. Felipe se había arrepentido de haberla hecho subir a su cuarto, pero ahí seguían tendidos y desnudos sobre la cama cuando él le dijo que todo eso era un error y ella le cayó encima con todo su peso, para preguntarle de qué error estaba hablando. Felipe la puso suavemente a su lado, le dijo sé una niña buena, mira que ya van a ser las seis. Alicia se hizo la que rebotaba, y de un salto llegó hasta la silla en que se hallaba su ropa. Se vistió como pudo, lo besó, y desapareció sin que él supiera ni dónde vivía. Y a las dos de la tarde, cuando Felipe bajó de su habitación para salir a almorzar con su hermano, lo primero que vio fue a Alicia sentadita junto a la recepción.

—Atrévete a decirme que no te asustaste —fue el saludo de Alicia.

A Felipe le hizo gracia confesarle que, en efecto, había temido no verla más, y la invitó a almorzar con su hermano. Se habían citado en La Costa Verde. En un segundo estamos ahí, le dijo Alicia. He venido con mi Volkswagen y en un segundito estamos ahí. Manejó como una loca, pero él se limitó a observarla de reojo mientras pensaba qué explicación le iba a dar a su hermano sobre esa chiquilla de chompa y pantalón rojos, casaca negra, y desbordante entusiasmo. Le había dicho a Carlos que quería almorzar en La Costa Verde, pero afuera, en la terraza, lo más cerca del mar, aunque fuera pleno invierno.

—Me imagino que la chica es un regalo de tus noches bohemias —le dijo su hermano, mientras se abrazaban.

—Carlos —se descubrió diciendo él—: Alicia es mi acompañante oficial.

Luego los presentó jurando que, en efecto, eso era todo lo que sabía de Alicia, pero que en cambio ella lo sabía todo de él. El *maître* se acercó y Felipe le dijo que lo único que deseaba era excederse en el pisco souer y en el ceviche. A Carlos eso le pareció una excelente idea y Alicia dijo a mí también pero también quiero vinito blanco chileno, no seas malo, por favor, Felipe.

—Vinito blanco chileno también —le repitió Felipe al *maître*.

Dos horas más tarde, Carlos se despidió diciendo que insistía en que esa casa era una monstruosidad, que había arruinado la Bahía de Pollensa, que sólo a un pintor loco y botarate se le podía ocurrir construirse las ruinas de Puruchuco en Mallorca, y que cuánto habría tenido que pagarle a las autoridades para que le permitieran edificar un templo incaico bajo el sol de las Baleares. La verdad, concluyó, mientras se ponía de pie, la verdad es que he sentido vergüenza de estar en ese lugar sabiendo que mi hermano... La verdad es que no vuelvo a poner los pies en España porque me da vergüenza... Tal como lo oyes, Alicia, me da realmente vergüenza que alguien en España se entere de que soy hermano del dueño del Puruchuco balear. Y todo por una promesa que este hermanito mío le hizo a un viejo chocho en París... Pero eso que te lo cuente Felipe. Anda, dile que te lo cuente. Ya verás cómo al instante dejas de ser su acompañante oficial... Carlos le guiñó el ojo a Alicia y desapareció.

—Cuéntame cómo fue, Felipe —le dijo ella, apretándole fuertemente ambas manos y acercándole la cara. Tenía los ojos más húmedos que nunca, más brillantes e intensos y nerviosos que nunca.

—¿Cómo, tú no eras la que lo sabía todo de mí? —se burló Felipe.

Alicia le soltó las manos y se dejó caer sobre el espaldar de su silla. Felipe aprovechó para hacer lo mismo y de golpe se dio cuenta de que había bebido demasiado. Recordó al viejo chocho, como le había llamado Carlos, y recordó a Charlie Sugar y a Mario. Miró a Alicia pero Alicia estaba mirando el mar. Entonces decidió que no iba a hablar una sola palabra más. He bebido demasiado, se repitió, y además soy un sentimental de mierda. El día gris y triste de la costa peruana empezó a ponerse gris oscuro y horas más tarde el mar era como un sonido constante que venía de ese lugar inmenso en que todo se había puesto negro. Sólo por el sonido se sabía que el mar estaba muy cerca. Alicia y Felipe continuaban mudos y orgullosos en su mesa. Sin saberlo, los dos se habían prometido, al mismo tiempo, no ser el primero en hablar. Y así seguían en la noche demasiado húmeda y sin una sola estrella donde posar la vista para aguantar tanto frío sin hablar, sin decir me muero de frío.

Empezaron a encenderse luces verdes y los dos voltearon a mirar hacia el interior del restaurante. En unos minutos, todo estaría listo para la comida y pronto empezarían a llegar las primeras personas. Los mozos esperaban la llegada de las primeras personas. Alicia se dio por vencida.

—Tienes razón, Felipe —dijo—; hay muchísimas cosas que no sé de ti.

—Treinta años de cosas, más o menos, aunque eso no es lo peor. Lo peor es... No... Eso tampoco es lo peor... Lo peor no es que en una sola tarde no se puedan contar treinta años de cosas. Lo peor es que uno pueda pasarse horas aguantando tanto frío y todo porque no se debe hablar cuando se ha bebido más de la cuenta y eso por una sencilla razón: porque se han perdido las ganas de hablar.

—No te creo —dijo Alicia.

—Yo tampoco me creía, hasta hace un rato.

—Entonces ya no podrás pintar como hasta ahora.

Felipe soltó la risa, pero inmediatamente se dis-

54

culpó. Una cosa es no tener ganas de hablar, pensó, y otra, muy diferente, es herir a Alicia. Aunque no sepa ni quiera saber quién es. Aunque no sepa ni siquiera dónde vive ni de dónde ha salido. Después recordó que Carlos, bromeando, se había referido a ella como un regalo de sus noches bohemias. Y volvió a reírse y volvió a disculparse inmediatamente. Entonces le dijo que no se iba a volver a reír más en la vida, porque se reía de puro bruto, sin saber realmente por qué, ni de qué, y que lo mejor era que se fueran a tomar una copa al hotel, si a ella le provocaba, y que después podrían comer juntos en el comedor andaluz, si a ella le provocaba, claro.

Alicia manejó como una loca, hasta el hotel, y él no logró encontrar una buena razón para quejarse. Tres días después fue la única persona en acompañarlo al aeropuerto y ahora habían pasado dos años de eso pero ella seguía escribiéndole cartas gordas de páginas en que le hablaba siempre de su sueño dorado de irse a vivir con él a Mallorca, de acompañarlo para siempre en su casa de Bahía de Pollensa, de ese sueño que se repetía en cada una de esas cartas que Felipe respondía sin saber muy bien por qué.

Esta vez, sin embargo, todo era diferente, porque Alicia estaba lista para venirse a España ya y porque esta vez él sabía perfectamente bien por qué no lograba responder a esa carta. Alicia sueña tercamente, se dijo, recordando que llevaba un mes sin atreverse a escribirle, y que ella le había rogado que le respondiera inmediatamente, a vuelta de correo, no seas malo, no me hagas esperar, por favor, Felipe.

La casa empezó a iluminarse, al fondo del jardín, y

Felipe decidió abandonar el embarcadero. Prefería regresar porque Andrés no tardaba en venir a llamarlo y a preguntarle a qué hora deseaba que le tuviera lista su sopa. Cada día era lo mismo y a él cada día le costaba más trabajo soportar tanta solicitud. Varias veces desde que recibió la carta, Felipe se había imaginado a Alicia muerta de risa al llegar a su casa increíble y encontrarlo con un mayordomo que empezaba a cuidarlo como si fuera un viejo. La idea le resultaba insoportable, pero hoy, por primera vez, la asoció con las dos últimas visitas que había recibido. Recordó la ilusión con que había esperado a esas personas y cómo, de golpe, por algún ridículo detalle, su presencia se convirtió en algo realmente insoportable. Trató de pensar en otra cosa, al entrar en la casa, y le pidió a Andrés que le sirviera la sopa, no bien estuviera lista.

Acababa de ducharse cuando Andrés se acercó a la puerta de su dormitorio. Ya podía pasar al comedor. Haciendo un esfuerzo, le dijo al mayordomo que la sopa había estado como nunca, y que ahora, por favor, le llevara hielo, tónica y una botella de ginebra al escritorio.

Y estuvo horas encerrado con los treinta años de cosas que quería contarle a Alicia. Pero después se dijo que así nomás no se metían treinta años en un sobre y se detuvo en los años del viejo chocho, como le había llamado su hermano a don Raúl de Verneuil, dos años atrás, en presencia de Alicia. A Raúl, a Mario y a Charlie Sugar los conocí el 60 en París, Alicia, lo que no sé es si te hubieras divertido con ellos ni qué cara habrías puesto cada vez que Raúl empezaba a hablar de la guerra y nosotros teníamos que decirle, por favor, Raúl, a cuál de las dos guerras mundiales te estás refiriendo. Siempre tuvo más de ochenta años, muchos más, y cada noche, a las once en punto, un mozo se encargaba de desalojarle su mesa en el Deux Magots. Era alto, gordo, algo mulato, y sumamente elegante. En París, para nosotros, el verano había llegado cuando Raúl aparecía en el café con su terno de hilo blanco, su corbata de lazo azul y blanca, a rayas, y una sarita que se quitaba sonriéndole a la vida. Cada noche en la puerta del café. Mario, Charlie Sugar y yo lo esperábamos encantados, pero yo no sé si te hubieses divertido con nosotros ni qué cara habrías puesto cada vez que Raúl empezaba a hablar de César Vallejo y se ponía furioso porque él había sido su gran amigo y sólo ocho personas habían asistido al entierro del Cholo y él tenía por lo menos treinta libros en que unos imbéciles que se decían críticos habían escrito babosada tras babosada sobre la vida y obra del Cholo y aseguraban haber asistido a su entierro. ¡Oiga usted, señor obispo!, exclamaba Raúl, y sacaba por enésima vez la fotografía del entierro de Vallejo y eran sólo ocho las personas que asistieron y éste soy yo y el de mi derecha es André Breton, que ése sí que fue un caballero, ¡oiga usted, señor obispo! Y Vallejo no había sido un hombre triste, sino enamoradizo y muy vivo, y a la hija del panadero de su calle se la había conquistado y cada mañana iba a verla y a recoger su pan. Y Vallejo era un dandy, además, y siempre le andaba dando consejos a uno. Nunca había que bajar del metro hasta que no hubiera parado del todo, porque eso gastaba inútilmente las suelas de los zapatos. Y había que sentarse lo menos posible porque eso le sacaba brillo a los fondillos del pantalón. ¿Y saben cómo hizo Picasso los dibujos de Vallejo? ¿Esos dibujos que están en el museo de Barcelona? La gente dice que fueron amigos, pero mentira, jamás fueron amigos. Lo que pasa es que éramos dos peñas, en La Coupole, la de los latinoamericanos y la de los españoles, pero entonces ni Picasso era Picasso ni el Cholo era nadie tampoco. Fue cuando se murió el Cholo que Picasso notó la ausencia de esa cara, porque una cara así no era frecuente en París y es cierto que el Cholo tenía unos rasgos muy especiales. Un español de la otra mesa se nos acercó y nos preguntó por el de la cara tan especial, que era la del Cholo, y nosotros le explicamos que era peruano y poeta y que acababa de fallecer. Entonces el español fue a su mesa y les contó a sus compatriotas, que nos miraron con simpatía y afecto, y ahí fue cuando Picasso dibujó la ausencia de Vallejo, ¡oiga usted, señor obispo!

Pero yo no sé si todas estas cosas te hubieran divertido, Alicia. Y no puedo imaginarte noche tras noche en el café con Raúl de Verneuil, con don Raúl de Verneuil, como le llamábamos nosotros. Un hombre que jamás en su vida trabajó y que en 1946 regresó al Perú por última vez. Vivía en París desde principios de siglo y era hijo de un francés que llegó a crear la Bolsa de Lima y se casó con una hermana de González Prada, ¡oiga usted, señor obispo!, exclamaba siempre Raúl, cuando hablaba de González Prada, mi tío fue el más grande anticlericalista del mundo, ¡oiga usted, señor obispo! Y gran amigo del genial poeta Eguren, que vivió toda su vida detrás de una cortinita y rodeado de las viejas beatas de sus hermanas. Había que verlas cada vez que aparecía por ahí González Prada. Desaparecían en menos de lo que canta un gallo y no bien se iba mi tío llamaban al obispo para que viniera a confesar al pobre Eguren y a echar agua bendita por toda la casa, ¡oiga usted, señor obispo!

Si vieras, Alicia, hasta qué punto detestaba don Raúl el año 46. Fue el año en que le dijo adiós para siempre a Lima, a su tierra natal. Él llegó de Buenos Aires, donde había estado pasando la guerra, la Segunda Guerra Mundial, no se hagan los tontos, muchachos. Llegó a Lima para estrenar su primera sinfonía. Raúl era músico, Alicia... Ya ves... Cansa tenerte que estar aclarando todo a cada rato... O se ha conocido a don Raúl de Verneuil o no se le ha conocido, ¿me entiendes, Alicia? Y además, yo no sé, la verdad, si todo esto te puede interesar. El año 46, tú ni soñabas en nacer y don Raúl estrenó *Puruchuco*, su primera sinfonía, en el Teatro Municipal de Lima. El público fue abandonando la sala, durante el concierto, y al día siguiente un crítico escribió que nunca se supo en qué momento había cesado de afinar la orquesta y en qué momento había empezado la sinfonía. Nosotros, Alicia, nos matábamos de risa, pero él agitaba los brazos y gritaba ¡país de analfabetos, ése!, ¡oiga usted, señor obispo! Sólo una gordita suiza supo decir lo que era mi sinfonía, lo que era *Puruchuco*, y a mí me dio pena dejarla en ese país de analfabetos y me la rapté del periódico en que trabajaba y me casé con ella, con Greta, pero eso sí, caballeros, a Greta la mandé muy pronto a vivir a Suiza porque me cuidaba demasiado. A los caballeros nadie los cuida, ¡oiga usted, señor obispo!

Resulta, Alicia, que don Raúl de Verneuil era un gran cocinero y el más grande comilón que he visto en mi vida. Le encantaba invitar gente joven y que de su casa nadie se moviera hasta la hora del desayuno. El que entra a mi casa no se va hasta mañana, le decía Raúl a los invitados y ay de ti si te querías ir antes del desayuno, Raúl había cerrado la puerta con llave y te mandaba a dormir en un diván que tenía para los que no saben vivir, ¡oiga usted, señor obispo! Y ahora me acuerdo cuando, durante una de esas parrandas, lo fregó a Chávez, un gran amigo pintor que vivía en París por esos años. Chávez empezó a burlarse de una estatuita africana de pacotilla que tenía Raúl. Una de esas que venden miles de negros en el metro de París. ¿Cómo puede usted tener una mierda así, don Raúl?, le preguntaba Chávez. ¿No tiene nada mejor con que decorar su casita? Mira, muchacho, le dijo Raúl, don Raúl, como le llamábamos nosotros, déjeme esa estatuita en paz porque me la ha regalado mi vecina que es una muchachita de dieciocho abriles y hay que verla, ¡oiga usted, señor obispo! Pero Chávez se siguió burlando y don Raúl le dijo que él podía ser un gran pintor surrealista y todo lo que tú quieras, muchacho, pero yo fui amigo de Breton y si me tocas la estatuita ya vas a ver, yo te voy a enseñar lo que es el surrealismo. ¿Y si le rompo su mierdecita, don Raúl? ¿No me diga usted que se va a amargar porque le rompa esa mierdecita? Mira, Chávez, lo que yo te he dicho es que esa mierdecita me la ha regalado una muchacha de dieciocho abriles y que eso no se toca. Así siguieron un buen rato, Alicia, y por fin Chávez le hizo pedazos la estatuita. La que se armó. Don Raúl sacó el catálogo de la última exposición de Chávez, un verdadero libro lleno de formidables láminas en colores, y realmente lo hizo añicos mientras el pobre Chávez le decía pero no, don Raúl, pero si eso se lo he regalado yo con todo cariño. Te avisé, muchacho, le dijo don Raúl, te dije que yo te iba a enseñar lo que era el surrealismo. Tú me has roto mi estatuita y yo he hecho añicos tu surrealismo. Te advertí, te dije que yo fui gran amigo de Breton, de André Breton, ¡oiga usted, señor obispo!

Para don Raúl, Alicia, nunca hubo un problema en la vida. Se levantaba a las doce del día y jamás se acostó antes de las cuatro de la mañana. Nada era urgente. Nada lo sorprendía y jamás pudo concebir que alguno de nosotros tuviera problemas económicos. Recuerdo a Mario, la tarde en que llegó a su casa y le dijo don Raúl, estoy sin un centavo. ¿Sabes lo que le contestó él? Apúrate, muchacho, apúrate que a las cinco cierran los bancos. Genial fue también cuando dos argentinos confundieron a Charlie Sugar y a Mario con un contacto que tenían que establecer en París. Charlie y Mario andaban sin un centavo y estaban esperando que alguien pasara por el café para pagarles la copa de vino que habían pedido, cuando aparecieron esos dos tipos, los saludaron, se sentaron y empezaron a invitarles whisky tras whisky, y los otros felices porque llevaban siglos sin tomar un whisky. Pero resulta que los argentinos se habían equivocado, resulta que venían en busca de otros dos latinoamericanos con los cuales tenían que negociar el asesinato de Perón, que entonces vivía en Madrid y tenía pretensiones de regresar a la Argentina y presentarse a elecciones. Al principio, con tal de beber gratis, Charlie y Mario les siguieron la cuerda, pero poco a poco el asunto se les fue poniendo feo. Por fin, Charlie, realmente asustado, optó por una nueva mentira, y les dijo que el jefe llegaba a las once. Y a las once, en efecto, apareció Raúl y los encontró muertos de miedo. Charlie le contó todo, como si Raúl estuviera al tanto de todo, e inmediatamente Raúl los invitó a cambiarse de mesa porque la suya era la del rincón, junto a la ventana que daba al bulevar, por favor, caballeros. Ahí pidió que le resumieran lo ya hablado, y luego, cuando uno de los argentinos empezó a precisarle una serie de datos, don Raúl, tranquilísimo, le dijo que él no se ocupaba del aspecto técnico sino del aspecto intelectual del asunto. En cuanto al bazuca al que se han referido ustedes, agregó, me parece un detalle insignificante. No hay nada más fácil que meter un bazuca a otro país. Charlie, dijo, entonces, explícale a estos caballeros cómo piensan meter ustedes el bazuca en España. Sólo el miedo, Alicia, hizo que a Charlie se le ocurriera cómo meter un bazuca de contrabando en España. Pidió otro whisky, para darse ánimos, y dijo que él había realizado esa operación en otras oportunidades y que lo mejor era colocarlo debajo de un automóvil, para que pareciera el tubo de escape. Después, don Raúl les preguntó a los argentinos de cuánto dinero disponían para la operación. Los escuchó decir la cifra, tranquilamente, les agradeció por tan generosa invitación, y les dijo que, al día siguiente, a las once en punto, les entregaría un informe detallado de todos los gastos. Los argentinos pagaron, se despidieron satisfechos, y no bien se alejaron Raúl soltó uno de sus infalibles ¡oiga usted, señor obispo! Charlie y Mario le preguntaron cómo pensaba hacer, al día siguiente, y Raúl les dijo pero ustedes son brutos o qué, muchachos, ¿no se les ha ocurrido que lo difícil es matar a Perón, pero que en cambio no hay nada más fácil en el mundo que hacer un plan para matar a ese señor? Para empezar, lo que se necesita es comprar un departamento que quede enfrente de la casa de Perón. Y eso, muchachos, puede costar mucho más de lo que estos pobres diablos pueden ofrecernos. ¿No se dan cuenta, muchachos? Y, en efecto, el contacto se rompió cuando los argentinos aparecieron la noche siguiente a las once y don Raúl les explicó que lo sentía mucho por sus amigos, que andaban realmente necesitados de dinero, pero que la suma, por más vueltas que le había dado al asunto, tenía que ser el doble o nada. Un dólar menos y nos exponemos a un fracaso total. Los argentinos no volvieron a aparecer por el café.

¿Y, Alicia? ¿Qué te parece todo esto? ¿No te da pena pensar que Mario murió en El Salvador y que Charlie se arrojó al metro y que don Raúl murió en su ley y que nadie ha vuelto a saber nada de Greta? ¿Y por qué demonios te va a dar pena si no los conociste? ¿Y por qué demonios tendrías que haberlos conocido? ¿Y cómo demonios los habrías podido conocer si eras todavía una colegiala cuando el último de ellos murió? ¿Sabes por qué se arrojó al metro Charlie? ¿Te interesa saber cómo era Charlie y cómo sólo un tipo como él se pudo tirar al metro por una cosa así? ¿Sabes acaso que era chileno y que decía soy, señores, el único pobre en el mundo que posee una villa *in the French Riviera*? ¿Sabes acaso que, por más borracho que estuviera, jamás contó cómo y por

qué tenía la villa *in the French Riviera*? ¿Sabes que, habiéndola podido vender, jamás puso los pies en la villa? Charlie... Fue Mario el que me contó de los amores que tuvo con una millonaria norteamericana mucho mayor, y que al morir le dejó esa villa maravillosa. Se la dejó con la promesa de que a diario, mientras la siguiera amando, fuera a misa de siete a rezar por la salvación de su alma. Pobre Charlie, a veces le daban las cuatro con un vaso de whisky en la mano porque como él decía, como sólo él podía decir, yo soy un caballero, señores, y reconozco que lo único que sé hacer bien en la vida es tener un vaso de whisky en la mano. Y al pobre le daban muchas veces las cuatro y todos nos íbamos a acostar pero él no podía. Temo, señores, decía, no llegar a la misa de siete. Y Charlie era la única persona a la cual Raúl, don Raúl, Alicia, en esas comilonas con desayuno que organizaba, le abría la puerta a las seis y media en punto para que no fallara a su misa de siete. Charlie...
... Que yo sepa, Alicia, es el único hombre en el mundo que se ha suicidado por dos mujeres. Por la norteamericana de la misa de siete y por la muchacha de tu edad, que lo obligó a fallar una vez a misa de siete. Charlie... Sólo cuando fuimos a reconocer el cadáver entendimos por qué, desde hacía unas semanas, a cada rato repetía las mismas palabras. Señores, decía, me ha pasado otra vez, pero al revés. Ahora es ella la de veintiún años y yo el de sesenta. Confieso que me ha pasado sólo una vez en la vida pero aun así es demasiado. ¡Oiga usted, señor obispo!, exclamó Raúl.

Nunca preguntas por Greta, Alicia. Ya ves cómo, por más que hagas, esta historia nunca te podrá interesar. ¿Cómo, si no la compartiste entonces conmigo, la podrás compartir ahora? Greta era la esposa de Raúl, pero tú hasta ahora no me has preguntado qué más hizo Raúl con la gorda, aparte de mandarla a Suiza porque a los caballeros no se les debe cuidar demasiado. Greta era profesora en Zurich y sólo se veían dos veces al año. Quince días en Navidad y Año Nuevo, y el mes de agosto que pasaban juntos en Mallorca. Por Raúl conocí yo Mallorca, Alicia, y para mí que Raúl fue el primer veraneante extranjero que llegó a Mallorca. Fue el mejor, en todo caso, el más elegante y el más caballero. Eso fue en 1921, y en 1975 Raúl y Greta seguían ignorando que se podía llegar a Mallorca en avión. Los pobres gordos se pegaban una paliza tremenda. Una noche de tren, primero, hasta Barcelona, y luego todo un día de barco hasta Mallorca. Un día, al ver a Greta tan gorda, porque la verdad es que cada año llegaba más gorda y al final tenía que sentarse en dos sillas, en el café... increíble... Al verla así, Mario y yo le dijimos madame, porque a Greta siempre le dijimos madame, nunca Greta, nosotros pensamos, madame, que tanto usted como don Raúl deberían ir a Mallorca en avión. Raúl protestó, porque los caballeros siempre habían viajado en tren o en barco, pero al final, con la ayuda de Greta, logramos convencerlos y quedamos en ocuparnos de todo y en acompañarlos al aeropuerto.

¡Habráse visto lugar más feo!, exclamó Raúl, no bien llegamos al aeropuerto, ¡oiga usted, señor obispo! Y en seguida nos dijo que quería ver los aviones y lo acompañamos y Mario y yo soltamos la carcajada cuando dijo cómo diablos voy a saber cuál es el mío, si todos son igualitos. Le explicamos que a los pasajeros los llamaban por los altoparlantes y que luego pasaban por el control y que después tenían que llegar hasta una puerta, la que correspondía al avión que iban a tomar. Nos íbamos muertos de risa, Mario y yo, pensando que Raúl y Greta ya estarían acomodándose en sus asientos, cuando lo escuchamos gritar ¡muchachos, muchachos! ¿Pero Raúl? Jadeaba, apenas podía hablar, se había regresado corriendo desde el avión, atropellando a medio mundo, apenas podía hablar. Muchachos, nos preguntó, ahogándose casi, ¿y a esas señoritas tan guapas y elegantes que lo atienden a uno en el avión, se les da propina?

Raúl... Greta y Raúl... Nosotros nunca quisimos a Greta porque no le dejaba comer ni beber en paz, porque lo volvía loco cuidándolo. La verdad, Alicia, no bien Raúl nos anunciaba la llegada de Greta, apenas si caíamos una noche por el café y eso de pura cortesía. Con Greta, Raúl perdía casi todo su encanto, aunque como decía Charlie, con toda razón, desde que a Raúl se le fueron acabando sus rentas, era ella quien lo mantenía desde Suiza, y eso era quererlo mucho y realmente creer en él como músico, porque Raúl no había vuelto a dar un solo concierto desde el 46 y a ninguno de nosotros le constaba que siguiera componiendo, aunque el pianito que tenía en su casa estaba siempre abierto, con un cuaderno de música encima y algunas notas dibujadas con un lápiz tembleque. La verdad, Alicia, es que sólo después de su muerte logré que Greta me prestara la partitura de *Puruchuco* y pude consultar con el director de la Orquesta Sinfónica de Bruselas. Mire usted, señor, me dijo, su amigo habría necesitado llamarse Beethoven para que una obra así se pudiese interpretar. El último movimiento, sólo el último movimiento, requiere de un coro formado por quinientas princesas del Imperio incaico. Le devolví la partitura a Greta, por correo, y nunca más volví a saber de ella.

Pobre gorda, lo feliz que era flotando como una ballena. Le encantaba Mallorca porque decía que era el sitio en el mundo en que mejor se flotaba. Lo descubrió en 1921, cuando se metió por primera vez al mar, ahí, y me imagino que se pasaba el año en Zurich soñando con el mes de agosto que le esperaba en Mallorca. Un verano, aparecimos Charlie, Mario y yo, y a diario contemplábamos la misma escena. Un taxista, que debía de tener la edad de Raúl, o casi, los venía a buscar desde siempre y les cobraba la misma tarifa del año en que los conoció. Un caballero español, decía Raúl. Y sentado en la terraza de un bar, al borde del mar, tomaba vino blanco y muy seco mientras ella flotaba feliz y le hacía adiós a cada rato. Es feliz, decía Raúl, aunque jamás respondía a los saludos que Greta le enviaba desde el agua. Y no bien empezaba a sentir hambre, se ponía de pie, y aunque estaba en una isla, el grito era siempre el mismo: ¡Greta, abandona inmediatamente el océano y regresa al continente! La escena se repitió exacta, cada mes de agosto, desde 1921 hasta 1977. Después regresaba el taxista y los llevaba a la misma vieja casona de Palma que alquilaron siempre. Y por el mismo precio de siempre, nos contó Raúl, un día. Porque, muchachos, en este caso, se trata también de un caballero español.

Raúl tenía noventa y dos años cuando murió,

Alicia. ¿Te importa? ¿Te interesa saber lo hermoso y triste que es que un hombre muera en su ley? ¿Te interesa saber cómo murió Raúl y cómo yo no podía creer que ese hombre había muerto? Se acerca al fin de todo y de todos, Alicia.

El fin empezó en el cumpleaños de Mario. Lo celebró en grande, como siempre, y nos emborrachamos también como siempre, y recordamos que hacía dos años que Charlie nos había abandonado. Yo, Alicia, sentí por primera vez que era muy injusto ser mucho menor que ellos, detesté tanta fama y tanto dinero y tanto viaje a Nueva York y a Tokio y a Milán y a Amberes y a Zurich y a Frankfurt, y por ese lado me seguí emborrachando. Más tarde empecé a decirme que jamás me había casado y que mi casa eran doce hoteles en doce ciudades diferentes. Y estaba pensando en el suicidio, por primera vez en mi vida, cuando Raúl exclamó ¡oiga usted, señor obispo! No sé quién le había hablado del año 46 en Lima y Raúl se había puesto de pie para decir que los limeños eran todos unos mazamorreros de mierda. Que sólo sabían comer mazamorra y que no se merecían tener cerca de Lima unas ruinas como las de Puruchuco y que en la vida tendrían otra oportunidad de escuchar una sinfonía suya, y mucho menos la llamada *Puruchuco*, porque así lo tenía ya dispuesto él en su testamento. ¿Y tú volverías a Lima?, le preguntó Mario, de pronto. ¡Quisiera, muchacho!, le respondió Raúl. ¡Pero sólo por ver Puruchuco! ¡Ahí jugué yo de niño! Y no sé, Alicia, no sé cómo me descubrí haciéndole la promesa de construir Puruchuco, exacto y nuevecito, en Mallorca. ¡Oiga usted, señor obispo!,

68

exclamó Raúl, volteando a mirarme. ¡Hay un lugar llamado Bahía de Pollensa! ¡Tú construye, muchacho, que para eso tienes fama y dinero! ¡Pero eso sí, el que estrena soy yo! ¡Una frijolada monstruo! ¡Frijoles bien negros que encargamos chez Fauchon! ¡Que ellos se ocupen de trasladarlos hasta Bahía de Pollensa! ¡Yo, señores, me encargo de conseguir veinte negras de esas que lo pasean a uno en culo! ¡Y las lavamos en Puruchuco y con esa agua hacemos hervir los frijoles! ¡Oiga usted, señor obispo!

En septiembre, Greta llamó a todos los amigos de Raúl para avisarles que había muerto y que lo había enterrado en Mallorca, porque así lo había dispuesto en su testamento. Mario y yo fuimos a verla juntos y ella fue la que terminó consolándonos. Suiza de mierda, dijo Mario, no bien salimos, apenas si supo contarnos que murió en su ley, lo cual para ella, por supuesto, fue una temeridad más de Raúl. Murió veinte días después de su cumpleaños, celebrando su salida de la clínica. Un infarto lo tumbó el día de su cumpleaños, y mientras lo trasladaban a la clínica abrió los ojos y dijo: Pero no se me rompió la copa, oiga usted, señor obispo. Y veinte días después insistió en celebrar su total restablecimiento y a Greta la trató de suiza de mierda cuando ella le dijo que eso era una locura. Tú vete a flotar, si quieres, pero yo esto lo celebro o no me llamo don Raúl de Verneuil. Un bárbaro, nos había dicho Greta. Lo que él quería era no romper la copa y salió con la suya y fue de lo más fastidioso tenerlo que enterrar en Mallorca. Don Raúl de Verneuil, Alicia, murió dejando sesenta sinfonías. Todas dedicadas a madame Greta de Verneuil.

Y hace cuatro años, Alicia, que Mario me llamó a mi hotel, en Nueva York, y me dijo pensar, viejo, que estamos en la misma ciudad y que no podemos tomarnos un trago juntos. ¿Por qué?, le pregunté. Pues mira, viejo, por qué va a ser. Resulta que estoy jodido y me voy a El Salvador para morirme allá. Pero, Mario... Ni modo, Felipe, si ya me están llamando para el embarque. O sea, Alicia, que *Puruchuco* nunca se estrenó y aquí vivo y aquí pinto y aquí pesco y aquí soporto cada día menos las perfecciones de mi mayordomo Andrés o las visitas de mi secretario y las llamadas de mi marchand. Y ahora te voy a leer una cosa que escribí el día que recibí tu carta. No sé por qué lo puse en tercera persona. En fin, tal vez para darme la ilusión de que ese tipo no era yo, pero ese tipo sí soy yo, o sea que para la oreja, Alicia.

«Se había vuelto un viejo cascarrabias, antes de tiempo, o por lo menos poco a poco se estaba convirtiendo en eso, a pesar de que solía pintar como si no lo fuera, tal vez para darse la ilusión de que no lo era y nada más. Su única nobleza, en todo caso, consistía en no querer envolver a nadie en sus rabietas de solitario, en cumplir con su trabajo, y en una cierta delicadeza que lo llevaba, a menudo, a ser muy cortés con la gente que estaba de paso y hasta a tomarles un secreto cariño que sólo se confesaba cuando ya era demasiado tarde porque ya se había ido. Entonces se sentía bien un par de horas y en eso consistía su moral.»

Dejó el papel a un lado, cogió otra hoja, y empezó a escribir, «Querida Alicia, sin duda alguna, una chica como tú habría disfrutado en un lugar como éste». Dejó la pluma a un lado, y estuvo largo rato contemplando el mar en la noche llena de estrellas que le permitía ver la gran ventana de su escritorio. Volvió a coger la pluma, de golpe, y escribió: «A veces te quiero mucho siempre.» Después pronunció el nombre de Alicia y decidió que era mejor dejar la carta para el día en que viniera el secretario. Prefería dictar.

Cap Skirring, Senegal, 1985

JULIO CORTÁZAR

Cambio de luces

Esos jueves al caer la noche cuando Lemos me llamaba después del ensayo en Radio Belgrano y entre dos cinzanos los proyectos de nuevas piezas, tener que escuchárselos con tantas ganas de irme a la calle y olvidarme del radioteatro por dos o tres siglos, pero Lemos era el autor de moda y me pagaba bien para lo poco que yo tenía que hacer en sus programas, papeles más bien secundarios y en general antipáticos. Tenés la voz que conviene, decía amablemente Lemos, el radioescucha te escucha y te odia, no hace falta que traiciones a nadie o que mates a tu mamá con estricnina, vos abrís la boca y ahí nomás media Argentina quisiera romperte el alma a fuego lento.

No Luciana, precisamente el día en que nuestro galán Jorge Fuentes al término de *Rosas de ignominia* recibía dos canastas de cartas de amor y un corderito blanco mandado por una estanciera romántica del lado de Tandil, el petiso Mazza me entregó el primer sobre lila de Luciana. Acostumbrado a la nada en tantas de sus formas, me lo guardé en el bolsillo antes de irme al café (teníamos una semana de descanso

73

después del triunfo de *Rosas* y el comienzo de *Pájaro en la tormenta*) y solamente en el segundo martini con Juárez Celman y Olive me subió al recuerdo el color del sobre y me di cuenta de que no había leído la carta; no quise delante de ellos porque los aburridos buscan tema y un sobre lila es una mina de oro, esperé a llegar a mi departamento donde la gata por lo menos no se fijaba en esas cosas, le di su leche y su ración de arrumacos, conocí a Luciana.

No necesito ver una foto de usted, decía Luciana, no me importa que *Sintonía* y *Antena* publiquen fotos de Míguez y de Jorge Fuentes pero nunca de usted, no me importa porque tengo su voz, y tampoco me importa que digan que es antipático y villano, no me importa que sus papeles engañen a todo el mundo, al contrario, porque me hago la ilusión de ser la sola que sabe la verdad: usted sufre cuando interpreta esos papeles, usted pone su talento pero yo siento que no está ahí de veras como Míguez o Raquelita Bailey, usted es tan diferente del príncipe cruel de *Rosas de ignominia*. Creyendo que odian al príncipe lo odian a usted, la gente confunde y ya me di cuenta con mi tía Poli y otras personas el año pasado cuando usted era Vassilis, el contrabandista asesino. Esta tarde me he sentido un poco sola y he querido decirle esto, tal vez no soy la única que se lo ha dicho y de alguna manera lo deseo por usted, que se sepa acompañado a pesar de todo, pero al mismo tiempo me gustaría ser la única que sabe pasar al otro lado de sus papeles y de su voz, que está segura de conocerlo de veras y de admirarlo más que a los que tienen los papeles fáciles. Es como con Shakespeare, nunca se lo he dicho a nadie, pero cuando usted hizo el papel, Yago me gustó más que Otelo. No se crea obligado a contestarme, pongo mi dirección por si realmente quiere hacerlo, pero si no lo hace yo me sentiré lo mismo feliz de haberle escrito todo esto.

Caía la noche, la letra era liviana y fluida, la gata se había dormido después de jugar con el sobre lila en el almohadón del sofá. Desde la irreversible ausencia de Bruna ya no se cenaba en mi departamento, las latas nos bastaban a la gata y a mí, y a mí especialmente el coñac y la pipa. En los días de descanso (después tendría que trabajar el papel de *Pájaro en la tormenta*) releí la carta de Luciana sin intención de contestarla porque en ese terreno un actor, aunque solamente reciba una carta cada tres años, estimada Luciana, le contesté antes de irme al cine el viernes por la noche, me conmueven sus palabras y ésta no es una frase de cortesía. Claro que no lo era, escribí como si esa mujer que imaginaba más bien chiquita y triste y de pelo castaño con ojos claros estuviera sentada ahí y yo le dijera que me conmovían sus palabras. El resto salió más convencional porque no encontraba qué decirle después de la verdad, todo se quedaba en un relleno de papel, dos o tres frases de simpatía y gratitud, su amigo Tito Balcárcel. Pero había otra verdad en la postdata: Me alegro de que me haya dado su dirección, hubiera sido triste no poder decirle lo que siento.

A nadie le gusta confesarlo, cuando no se trabaja uno termina por aburrirse un poco, al menos alguien como yo. De muchacho tenía bastantes aventuras sentimentales, en las horas libres podía recorrer el espinel y casi siempre había pesca, pero después vino Bruna y eso duró cuatro años, a los treinta y cinco la vida en Buenos Aires empieza a desteñirse y parece que se achicara, al menos para alguien que vive solo con una gata y no es gran lector ni amigo de caminar mucho. No es que me sienta viejo, al contrario; más bien parecería que son los demás, las cosas mismas que envejecen y se agrietan; por eso a lo mejor preferir las tardes en el departamento, ensayar *Pájaro en la tormenta* a solas con la gata mirándome, vengarme de esos papeles ingratos llevándolos a la perfección, haciéndolos míos y no de Lemos, transformando las frases más simples en un juego de espejos que multiplica lo peligroso y fascinante del personaje. Y así a la hora de leer el papel en la radio todo estaba previsto, cada coma y cada inflexión de la voz, graduando los caminos del odio (otra vez era uno de esos personajes con algunos aspectos perdonables pero cayendo poco a poco en la infamia hasta un epílogo de persecución al borde de un precipicio y salto final con gran contento de radioescuchas). Cuando entre dos mates encontré la carta de Luciana olvidada en el estante de las revistas y la releí de puro aburrido, pasó que de nuevo la vi, siempre he sido visual y fabrico fácil cualquier cosa, de entrada Luciana se me había dado más bien chiquita y de mi edad o por ahí, sobre todo con ojos claros y como transparentes, y de nuevo la imaginé así, volví a verla como pensativa antes de escribirme cada frase y después decidiéndose. De una cosa estaba seguro, Luciana no era mujer de borradores, seguro que había dudado antes de escribirme, pero después escuchándome en *Rosas de ignominia* le habían ido viniendo las frases, se sentía que la carta era espontánea y a la vez —acaso por el papel lila— dándome la sensación de un licor que ha dormido largamente en su frasco.

Hasta su casa imaginé con sólo entornar los ojos, su casa debía de ser de esas con patio cubierto o por lo menos galería con plantas, cada vez que pensaba en Luciana la veía en el mismo lugar, la galería desplazando finalmente el patio, una galería cerrada con claraboyas de vidrios de colores y mamparas que dejaban pasar la luz agrisándola, Luciana sentada en un sillón de mimbre y escribiéndome usted es muy diferente del príncipe cruel de *Rosas de ignominia*, llevándose la lapicera a la boca antes de seguir, nadie lo sabe porque tiene tanto talento que la gente lo odia, el pelo castaño como envuelto por una luz de vieja fotografía, ese aire ceniciento y a la vez nítido de la galería cerrada, me gustaría ser la única que sabe pasar al otro lado de sus papeles y de su voz.

La víspera de la primera tanda de *Pájaro* hubo que comer con Lemos y los otros, se ensayaron algunas escenas de esas que Lemos llamaba clave y nosotros clavo, choque de temperamentos y andanadas dramáticas, Raquelita Bailey muy bien en el papel de Josefina, la altanera muchacha que lentamente yo envolvería en mi consabida telaraña de maldades para las que Lemos no tenía límites. Los otros calzaban justo en sus papeles, total maldita la diferencia entre ésa y las dieciocho radionovelas que ya llevábamos actuadas. Si me acuerdo del ensayo es porque el petiso Mazza me trajo la segunda carta de Luciana y esa vez sentí ganas de leerla en seguida y me fui un rato al baño mientras Angelita y Jorge Fuentes se juraban amor eterno en un baile de Gimnasia y Esgrima, esos escenarios de Lemos que desencadenaban el entusiasmo de los habitués y daban más fuerza a las identificaciones psicológicas con los personajes, por lo menos según Lemos y Freud.

Le acepté la simple, linda invitación a conocerla en una confitería de Almagro. Había el detalle monótono del reconocimiento, ella de rojo y yo llevando el diario doblado en cuatro, no podía ser de otro modo y el resto era Luciana escribiéndome de nuevo en la galería cubierta, sola con su madre o tal vez su padre, desde el principio yo había visto un viejo con ella en una casa para una familia más grande y ahora llena de huecos donde habitaba la melancolía de la madre por otra hija muerta o ausente, porque acaso la muerte había pasado por la casa no hacía mucho, y si usted no quiere o no puede yo sabré comprender, no me corresponde tomar la iniciativa pero también sé —lo había subrayado sin énfasis— que alguien como usted está por encima de muchas cosas. Y agregaba algo que yo no había pensado y que me encantó, usted no me conoce salvo esa otra carta, pero yo hace tres años que vivo su vida, lo siento como es de veras en cada personaje nuevo, lo arranco del teatro y usted es siempre el mismo para mí cuando ya no tiene el antifaz de su papel. (Esa segunda carta se me perdió, pero las frases eran así, decían eso; recuerdo en cambio que la primera carta la guardé en un libro de Moravia que estaba leyendo, seguro que sigue ahí en la biblioteca.)

Si se lo hubiera contado a Lemos le habría dado una idea para otra pieza, clavado que el encuentro se cumplía después de algunas alternativas de suspenso y entonces el muchacho descubría que Luciana era idéntica a lo que había imaginado, prueba de cómo el amor se adelanta al amor y la vista a la vista, teorías que siempre funcionaban bien en Radio Belgrano. Pero Luciana era una mujer de más de treinta años, llevados eso sí con todas las de la ley, bastante menos menuda que la mujer de las cartas en la galería, y con un precioso pelo negro que vivía como por su cuenta cuando movía la cabeza. De la cara de Luciana yo no me había hecho una imagen precisa salvo los ojos claros y la tristeza; los que ahora me recibieron sonriéndome eran marrones y nada tristes bajo ese pelo movedizo. Que le gustara el whisky me pareció simpático, por el lado de Lemos casi todos los encuentros románticos empezaban con té (y con Bruna había sido café con leche en un vagón de ferrocarril). No se disculpó por la invitación, y yo que a veces sobreactúo porque en el fondo no creo demasiado en nada de lo que me sucede, me sentí muy natural y el whisky por una vez no era falsificado. De veras, lo pasamos muy bien y fue como si nos hubieran presentado por casualidad y sin sobreentendidos, como empiezan las buenas relaciones en que nadie tiene nada que exhibir o que disimular; era lógico que se hablara sobre todo de mí porque yo era el conocido y ella solamente dos cartas y Luciana, por eso sin parecer vanidoso la dejé que me recordara en tantas novelas radiales, aquella en que me mataban torturándome, la de los obreros sepultados en la mina, algunos otros papeles. Poco a poco yo le iba ajustando la cara y la voz, desprendiéndome con trabajo de las cartas, de la galería cerrada y el sillón de mimbre; antes de separarnos me enteré de que vivía en un departamento bastante chico en planta baja y con su tía Poli que allá por los años treinta había tocado el piano en Pergamino. También Luciana hacía sus ajustes como siempre en esas relaciones de gallo ciego, casi al final me dijo que me había imaginado más alto, con pelo crespo y ojos grises; lo del pelo crespo me sobresaltó porque en ninguno de mis papeles yo me había sentido a mí mismo con pelo crespo, pero acaso su idea era como una suma, un amontonamiento de todas las canalladas y las traiciones de las piezas de Lemos. Se lo comenté en broma y Luciana dijo que no, los personajes los había visto tal como Lemos los pintaba pero al mismo tiempo era capaz de ignorarlos, de hermosamente quedarse sólo conmigo, con mi voz y vaya a saber por qué con una imagen de alguien más alto, de alguien con el pelo crespo.

Si Bruna hubiera estado aún en mi vida no creo que me hubiera enamorado de Luciana; su ausencia era todavía demasiado presente, un hueco en el aire que Luciana empezó a llenar sin saberlo, probablemente sin esperarlo. En ella en cambio todo fue más rápido, fue pasar de mi voz a ese otro Tito Balcárcel de pelo lacio y menos personalidad que los monstruos de Lemos; todas esas operaciones duraron apenas un mes, se cumplieron en dos encuentros en cafés, un tercero en mi departamento, la gata aceptó el perfume y la piel de Luciana, se le durmió en la falda, no pareció de acuerdo con un anochecer en que de golpe estuvo de más, en que debió saltar maullando al suelo. La tía Poli se fue a vivir a Pergamino con una hermana, su misión estaba cumplida y Luciana se mudó a mi casa esa semana; cuando la ayudé a preparar sus cosas me dolió la falta de la galería cubierta, de la luz cenicienta, sabía que no las iba a encontrar y sin embargo había algo como una carencia, una imperfección. La tarde de la mudanza la tía Poli me contó dulcemente la módica saga de la familia, la infancia de Luciana, el novio aspirado para siempre por una oferta de frigoríficos de Chicago, el matrimonio con un hotelero de Primera Junta y la ruptura seis años atrás, cosas que yo había sabido por Luciana pero de otra manera, como si ella no hubiera hablado verdaderamente de sí misma ahora que parecía empezar a vivir por cuenta de otro presente, de mi cuerpo contra el suyo, los platitos de leche a la gata, el cine a cada rato, el amor.

Me acuerdo que fue más o menos en la época de *Sangre en las espigas* cuando le pedí a Luciana que se aclarara el pelo. Al principio le pareció un capricho de actor, si querés me compro una peluca, me dijo riéndose, y de paso a vos te quedaría tan bien una con el pelo crespo, ya que estamos. Pero cuando insistí unos días después, dijo que bueno, total lo mismo le daba el pelo negro o castaño, fue casi como si se diera cuenta de que en mí ese cambio no tenía nada que ver con mis manías de actor sino con otras cosas, una galería cubierta, un sillón de mimbre. No tuve que pedírselo otra vez, me gustó que lo hubiera hecho por mí y se lo dije tantas veces mientras nos amábamos, mientras me perdía en su pelo y sus senos y me dejaba resbalar con ella a otro largo sueño boca a boca. (Tal vez a la mañana siguiente, o fue antes de salir de compras, no lo tengo claro, le junté el pelo con las dos manos y se lo até en la nuca, le aseguré que le quedaba mejor así. Ella se miró en el espejo y no dijo nada, aunque sentí que no estaba de acuerdo y que tenía razón, no era mujer para recogerse el pelo, imposible negar que le quedaba mejor cuando lo llevaba suelto antes de aclarárselo, pero no se lo dije porque me gustaba verla así, verla mejor que aquella tarde cuando había entrado por primera vez en la confitería.)

Nunca me había gustado escucharme actuando, hacía mi trabajo y basta, los colegas se extrañaban de esa falta de vanidad que en ellos era tan visible; debían de pensar, acaso con razón, que la naturaleza de mis papeles no me inducía demasiado a recordarlos, y por eso Lemos me miró levantando las cejas cuando le pedí los discos de archivo de *Rosas de ignominia*, me preguntó para qué los quería y le contesté cualquier cosa, problemas de dicción que me interesaba superar o algo así. Cuando llegué con el álbum de discos, Luciana se sorprendió también un poco porque yo no le hablaba nunca de mi trabajo, era ella que cada tanto me daba sus impresiones, me escuchaba por las tardes con la gata en la falda. Repetí lo que le había dicho a Lemos pero en vez de escuchar las grabaciones en otro cuarto traje el tocadiscos al salón y le pedí a Luciana que se quedara un rato conmigo, yo mismo preparé el té y arreglé las luces para que estuviera cómoda. Por qué cambiás de lugar esa lámpara, dijo Luciana, queda bien ahí. Quedaba bien como objeto pero echaba una luz cruda y caliente sobre el sofá donde se sentaba Luciana, era mejor que sólo le llegara la penumbra de la tarde desde la ventana, una luz un poco cenicienta que se envolvía en su pelo, en sus manos ocupándose del té. Me mimás demasiado, dijo Luciana, todo para mí y vos ahí en un rincón sin siquiera sentarte.

Desde luego puse solamente algunos pasajes de *Rosas*, el tiempo de dos tazas de té, de un cigarrillo. Me hacía bien mirar a Luciana atenta al drama, alzando a veces la cabeza cuando reconocía mi voz y sonriéndome como si no le importara saber que el miserable cuñado de la pobre Carmencita comenzaba sus intrigas para quedarse con la fortuna de los Pardo, y que la siniestra tarea continuaría a lo largo de tantos episodios hasta el inevitable triunfo del amor y la justicia según Lemos. En mi rincón (había aceptado una taza de té a su lado pero después había vuelto al fondo del salón como si desde ahí se escuchara mejor) me sentía bien, reencontraba por un momento algo que me había estado faltando; hubiera querido que todo eso se prolongara, que la luz del anochecer siguiera pareciéndose a la de la galería cubierta. No podía ser, claro, y corté el tocadiscos y salimos juntos al balcón después que Luciana hubo devuelto la lámpara a su sitio porque realmente quedaba mal allí donde yo la había corrido. ¿Te sirvió de algo escucharte?, me preguntó acariciándome una mano. Sí, de mucho, hablé de problemas de respiración, de vocales, cualquier cosa que ella aceptaba con respeto; lo único que no le dije fue que en ese momento perfecto sólo había faltado el sillón de mimbre y quizá también que ella hubiera estado triste, como alguien que mira el vacío antes de continuar el párrafo de una carta.

Estábamos llegando al final de *Sangre en las espigas*, tres semanas más y me darían vacaciones. Al volver de la radio encontraba a Luciana leyendo o jugando con la gata en el sillón que le había regalado para su cumpleaños junto con la mesa de mimbre que hacía juego. No tiene nada que ver con este ambiente, había dicho Luciana entre divertida y perpleja, pero si a vos te gustan a mí también, es un lindo juego y tan cómodo. Vas a estar mejor en él si tenés que escribir cartas, le dije. Sí, admitió Luciana, justamente estoy en deuda con tía Poli, pobrecita. Como por la tarde tenía poca luz en el sillón (no creo que se hubiera dado cuenta de que yo había cambiado la bombilla de la lámpara) acabó por poner la mesita y el sillón cerca de la ventana para tejer o mirar las revistas, y tal vez fue en esos días de otoño, o un poco después, que una tarde me quedé mucho tiempo a su lado, la besé largamente y le dije que nunca la había querido tanto como en ese momento, tal como la estaba viendo, como hubiera querido verla siempre. Ella no dijo nada, sus manos andaban por mi pelo despeinándome, su cabeza se volcó sobre mi hombro y se estuvo quieta, como ausente. ¿Por qué esperar otra cosa de Luciana, así al filo del atardecer? Ella era como los sobres lila, como las simples, casi tímidas frases de sus cartas. A partir de ahora me costaría imaginar que la había conocido en una confitería, que su pelo negro suelto había ondulado como un látigo en el momento de saludarme, de vencer la primera confusión del encuentro. En la memoria de mi amor estaba la galería cubierta, la silueta en un sillón de mimbre distanciándola de la imagen más alta y vital que de mañana andaba por la casa o jugaba con la gata, esa imagen que al atardecer entraría una y otra vez en lo que yo había querido, en lo que me hacía amarla tanto.

Decírselo, quizá. No tuve tiempo, pienso que vacilé porque prefería guardarla así, la plenitud era tan grande que no quería pensar en su vago silencio, en una distracción que no le había conocido antes, en una manera de mirarme por momentos como si buscara, algo, un aletazo de mirada devuelta en seguida a lo inmediato, a la gata o a un libro. También eso entraba en mi manera de preferirla, era el clima melancólico de la galería cubierta, de los sobres lila. Sé que en algún despertar en la alta noche, mirándola dormir contra mí, sentí que había llegado el tiempo de decírselo, de volverla definitivamente mía por una aceptación total de mi lenta telaraña enamorada. No lo hice porque Luciana dormía, porque Luciana estaba despierta, porque ese martes íbamos al cine, porque estábamos buscando un auto para las vacaciones, porque la vida venía a grandes pantallazos antes y después de los atardeceres en que la luz cenicienta parecía condensar su perfección en la pausa del sillón de mimbre. Que me hablara tan poco ahora, que a veces volviera a mirarme como buscando alguna cosa perdida, retardaban en mí la oscura necesidad de confiarle la verdad, de explicarle por fin el pelo castaño, la luz de la galería. No tuve tiempo, un azar de horarios cambiados me llevó al centro un fin de mañana, la vi salir de un hotel, no la reconocí al reconocerla, no comprendí al comprender que salía apretando el brazo de un hombre más alto que yo, un hombre que se inclinaba un poco para besarla en la oreja, para frotar su pelo crespo contra el pelo castaño de Luciana.

JAVIER GARCÍA SÁNCHEZ

Michelle

Parecía imposible, pero era cierto. Había conseguido una entrevista en exclusiva con la mismísima Michelle P., una de las artistas más famosas y cotizadas del panorama cinematográfico internacional. El encuentro, como ocurre en ciertas novelas góticas o de terror, tendría lugar justo a la medianoche en el hotel en el que ella se alojaba.

Michelle P. había venido a la ciudad como artista invitada de un célebre festival de cine que se celebraba cada año. Fue una verdadera casualidad que una de las diosas actuales del celuloide, musa donde las hubiera, quizá el rostro más hermoso de cuantos en la actualidad poblaban la escena, dijese que sí a las repetidas peticiones de entrevista. Era un tema que, en relación estrecha con el agente de la actriz, se había llevado desde la dirección de la revista en la que él trabajaba, una publicación dedicada exclusivamente al cine, pero tratado desde una óptica seria. Otra gran ventaja era que ese nuevo *sex-symbol* de la década, además de excelente actriz, características que raras veces se han reunido en una misma persona a lo largo de casi un siglo de historiografía del cine, entendiese perfectamente el español, aunque sólo lo chapurreaba.

Además, aquello parecía una bendición del cielo. Según le habían dicho por teléfono desde la redacción, era muy posible que la propia actriz, viendo varios ejemplares de la revista que alguien se había preocupado de hacerle llegar a su agente, hubiese intervenido en la decisión final de conceder esa entrevista en exclusiva, sin otros reporteros y fotógrafos rondando. Llevaba cuarenta y ocho horas sin parar: televisiones, prensa, radios. Y, sin embargo, pese a que a la mañana siguiente debía tomar un vuelo temprano en dirección a Los Ángeles, tuvo el detalle, ella o quien fuese pero en cualquier caso contando con su connivencia, de hacerles ese hueco. La noticia fue recibida con auténtico júbilo en la revista. Ya suponían que se trataba de «una mujer asequible, nada engreída», en palabras literales del director, pero nadie imaginaba que tanto. Menos mal que por una vez había justicia. Menos mal que por una vez aparecía un astro del cine, o una estrella, que sabía distinguir lo que era una revista especializada y rigurosa, sin importarle en apariencia los miles de ejemplares que de esa publicación pudieran editarse.

En esas cuarenta y ocho horas tuvo ocasión de ver su imagen de sílfide en varios canales de televisión, y de ver su rostro de ángel en no menos de seis o siete periódicos. Días después llegaría la otra avalancha, la de los suplementos dominicales, revistas semanales, quincenales o mensuales. Pero iba a tenerla una hora entera para él solito. Únicamente había puesto una condición: nada de fotos. Es decir, esa condición la puso su agente. Ya les harían llegar fotos de Michelle por correo urgente vía distribuidora, si así lo deseaban. En la revista también disponían de una verdadera colección de retratos de la actriz, algunos de ellos colgados desde hacía tiempo en alguna pared.

Así que, cuando faltaban apenas unos minutos para que el reloj marcase la hora, él llegó al hotel. Dijo el nombre mágico del agente de la actriz a una especie de guardaespaldas que le miró con cara de fastidio, aunque sin dejar de sonreírle. El tipo observaba descaradamente el reloj, como diciendo: «¿A estas horas?» Hasta ese preciso momento, cassette colgado al hombro y a duras penas conteniendo sus nervios, estuvo convencido de que todo aquello sería una broma o un error. Que a última hora surgiría la disculpa hasta cierto punto lógica. Fatiga, sobrecarga de citas, el avión de mañana. «No la veré», se repetía una y otra vez, ya sentado en un confortable sofá del reducido hall, anexo a una habitación situada en el piso superior del hotel. Primero apareció una mujer de mediana edad, sonrosada y con gafas, que le dijo que esperase unos minutos, pues en seguida sería atendido. «¿Tiene usted el dossier?», le preguntó cortés. «Sí, ya nos lo han enviado», repuso él. Se refería al dossier de prensa en el que se aportaba información y material gráfico acerca de la última película interpretada por Michelle P., y que, si se cumplían los planes previstos, iba a estrenarse en pocas semanas. Pensó: «Si son tan amables es que hay problemas, era de prever.» Y luego: «Ahora aparecerá el agente con una sonrisa de oreja a oreja para decir que ya puedo despedirme de la entrevista.» A pesar de todo, no sentía ninguna hostilidad hacia aquella gente. Tan sólo habrían calculado mal en la distribución del tiempo dentro de su apretado calendario. Oyó murmullos tras uno de los tabiques.

Dicho y hecho. Se abrió la puerta y apareció el agente. Se le veía agotado, con el nudo de la corbata semiabierto y descolocado, sudor en las sienes pero sin perder su forzada sonrisa. Más con gestos que con su pésimo castellano dijo algo sobre la hora. Lo dijo lamentándose, como pidiendo excusas. En ese momento aparecieron dos mujeres, una era la que le atendiera antes. La otra, más joven, le observó de manera poco tranquilizadora. Empezaba a sentirse incómodo. Él no quería causar ningún trastorno. Se iría y en paz. El agente y las dos mujeres hablaron entre ellos observando repetidamente sus relojes. Se había levantado del sofá en el que estaba sentado, ya dispuesto a irse, pero su sorpresa fue oír lo que el agente le decía: «Espere un momento, por favor.» Desapareció como una exhalación por la puerta seguido por las otras dos mujeres. De nuevo le dejaron solo. Así estuvo unos diez minutos. No habían cerrado la puerta y de allí provenían nuevos comentarios y frases en inglés. Según pudo entender, había problemas con lo del vuelo a Los Ángeles, ya que antes debían ir a algún otro sitio. Fue entonces cuando por fin comenzó a sentirse decididamente estúpido. Se convenció de que estaba de más. Ya eran las doce y veinte. Plena madrugada y él allí, en la suite alta de un lujoso hotel, como un pasmarote, esperando que apareciese un ser alado y desprendiendo luz en su entorno. Dio un par de vueltas por el salón. Un último cigarrillo y volvería a preguntar si la espera era necesaria. Se sentó en el sofá. Su cuerpo se hundió en aquella mullida estructura tapizada en cuero. Una lámpara de mesa iluminaba la estancia con un tenue resplandor de tonos ocres, quizá asalmonados. Dio un par de nerviosas caladas al cigarrillo, aplastándolo luego contra el cenicero. Su reloj marcaba ya las doce y media.

Y el Ángel del Señor anunció a María. O viceversa, lo mismo daba.

De pronto, en el umbral de la puerta, había aparecido ella. Se dirigió hacia donde estaba él tendiéndole una mano blanca, fina, fría, de pianista precoz. La tomó entre las suyas sin dar crédito a lo que veía y, sobre todo, a lo que tocaba. El Ángel del Señor tenía el cabello recogido pero, como si efectuase ese gesto para convertir en algo más tangible su aparición, se lo soltó de un certero movimiento. Simultáneamente, en un castellano que tal vez fuese chapurreado, como le habían comentado en la revista y como él mismo pudo comprobar ese día en las breves entrevistas de televisión, pero que en cualquier caso sonó como un obús en su estómago, ella dijo a modo de presentación: «Hola, yo soy Michelle.» En efecto, era un Ángel. Como si hiciesen falta las presentaciones. Pero de alguna manera él, emocionado e incrédulo, tomó aquellas palabras como una actitud de timidez, de modestia. No era muy alta, a pesar de que llevaba tacones, pero sí maravillosamente proporcionada. Lo era hasta un punto en el que, vista así, en persona, lo que más resaltaba era su complexión atlética. Y ya después, mirándola con detenimiento, se convenció de que la belleza de aquella mujer quedaba menguada en la pantalla. Lo tenía todo, nada desentonaba en ella. Quizá fuese una de las pocas actrices rubias en toda la historia del cine que poseía un lunar junto a la boca. Un lunar genuino.

Acto seguido se disculpó por el retraso, refiriéndose a la hora. Añadió algo sobre una cena, sobre lo agobiada que estaba por tener que dar la cara ante tantas personas que la miraban como a un bicho raro. También hizo alusión a algo que él no entendió del todo, pero que se refería al champán. Fue en ese momento cuando detectó el color levemente rojizo de sus ojos, prodigiosamente azules y limpios, pero ahora rodeados en el iris por una aureola sanguinolenta. La sonrisa de la actriz era amplia, en exceso amplia para estar frente a un periodista más, frente a un desconocido, y principalmente para la hora que era después de dos jornadas de incesante ajetreo. La diosa había bebido, no le cupo duda. Era aquélla una sonrisa distendida y etílica. Mejor, pensó, aunque no sin dificultad lograba disimular su creciente nerviosismo. Como entre brumas, percibió junto a él la presencia del agente de Michelle, quien, tomándola del brazo pero sin dejar de observarle, y luego de intercambiar alguna frase con la actriz, le explicó que a Michelle le había encantado su revista, que hasta en su país era difícil hallar una publicación de estas características y que estaba encantada, sobre todo, con el número extra dedicado a Akira Kurosawa. Era una devota del cine de Kurosawa, eso le dijo Michelle al agente para que se lo tradujese, cuando en realidad ella misma dominaba mejor el español. Agente y actriz siguieron hablando durante unos instantes. Se despedían. Aquello era fantástico. Se despedían hasta mañana. Los dejaban solos. El agente le rogó que fuese lo más conciso posible en su entrevista porque ella debía irse pronto a descansar. Volvió a repetirle a Michelle lo del vuelo a Los Ángeles. La besó en una mejilla y luego se despidió afablemente de él. Lo último que pudo oír, antes de que el agente cerrase la puerta tras de sí, fue un enigmático «*Be good*», sé buena, dicho a la actriz en una frase entre cómplice y paternal, pero que a él casi lo tira al suelo. ¿Qué podía significar aquel «sé buena»? Las rodillas le temblaron, le sobrevino una debilidad gélida, como nunca antes sintiese en una situación así, y eso teniendo en cuenta que eran ya bastantes las actrices de fama mundial a las que había entrevistado.

Se sentaron en el sofá. Era de dos cuerpos, pero jamás pensó que las medidas de uno de esos muebles pudieran ser tan traicioneras. A duras penas cabían, y eso que ambos estaban correctamente sentados, apurando el espacio y con las rodillas hacia adelante, casi mirándose con el cuello girado. Él, mitad en inglés mitad en castellano, que procuraba deletrearle lentamente, le repitió, más por tranquilizarse que para hacer lo propio con ella, que iba a ser todo muy rápido. Entendía cuán agotada debía de estar. Le agradecía enormemente la deferencia que había tenido. También le dijo que estaba completamente entusiasmado, aunque lo que pensó fue: «perdidamente enamorado», con el papel que realizaba en un par de sus películas. Ella sonrió, dejando aflorar en sus labios una expresión estrábica y adorable. «Sobre todo en una», repuso él, a quien por segundos, y ante el repentino mutismo de aquella beldad, se le tensaba el nudo que tenía en el estómago. Michelle ladeó coquetamente la cabeza, como si de pronto hubiese perdido el equilibrio. «¿En cuál?», preguntó enmarcando un mohín de satisfacción y orgullo en aquella faz inmaculada. O quizá, sabiendo que enfrente tenía no a un reportero más sino a un auténtico crítico de cine, y en ese aspecto la revista lo avalaba con creces, aquello obedecía a un impulso puramente vanidoso. O tal vez era simple e inocente curiosidad. O hablaba por hablar, para que fuese pasando el tiempo. El nudo del estómago estaba ahogándole, porque ella había cambiado de posición en un movimiento quizá accidental pero tan perverso como infantil y brusco. Ahora tenía ambas piernas recogidas sobre el sofá. Así le daba a entender que aguardaba ansiosa una respuesta. Vacilante, pronunció el título de la película. Ella encarnaba el personaje de una mujer virtuosa y de severas convicciones morales que era arrastrada a la pasión más desaforada por un pérfido experto en las lides amorosas. Su sonrisa se acentuó de modo considerable, como si de repente recordase cosas terribles, pero de pronto quedó pensativa. Parpadeó con dificultad, como si le supusiese un gran esfuerzo físico. Con la lengua medio trabada intentó explicar que aquél era un papel un tanto contenido. «Tenía que actuar como si estuviese a punto de llorar todo el rato, ¿lo recuerdas? Aquello casi acaba conmigo», llegó a traducir él, que a esas alturas, y sacando un brote de lucidez de no sabía dónde, tenía el cassette conectado desde hacía unos minutos. En su regazo reposaba un cuestionario con varias preguntas, que pensaba hacerle en inglés a fin de que ella respondiera con naturalidad. Luego ya lo traducirían en la revista. Pero ahora ella le hablaba de tú. No cabía en sí de gozo.

En ese instante se dio cuenta de dos cosas. La primera fue que, tras el lapso de repentina reflexión que parecía haberle sobrevenido a la actriz, ahora volvía a sonreírle franca, abiertamente y en silencio. La segunda, que había elevado una de sus piernas hasta colocar la rodilla ladeada sobre el sofá, de manera que casi rozaba la suya. Con lo que el bonito vestido de raso negro que llevaba, ya ceñido y corto hasta cortarle la respiración al más templado, se encogió de forma considerable, dejando sus piernas completamente al descubierto. Formaban un demoníaco ángulo, pero ella se había llevado la mano, el puño para ser exactos, al confín de sus piernas, apretándolo graciosamente contra la confluencia de sus muslos. Y al mismo tiempo, mientras con la otra mano se tocaba la nuca como si le hubiese afectado un molesto dolor en las cervicales, dejó de mirarle, pues tenía inclinada hacia atrás la cabeza, casi observando el techo. Así que pudo comprobar, aunque presa del atolondramiento, la larga y blanca extensión de aquellas piernas no demasiado largas pero sí divinamente formadas, sin un músculo o arruga de más, que en esos momentos le parecieron autopistas de fulminante acceso al infierno. Todos los ángeles son demonios, o al revés, intentó recapacitar él, ya náufrago en un mar de confusas sensaciones. Michelle estaba quejándose de nuevo de la cena, de lo que había bebido, de lo harta que se sentía de muchas cosas, pero también mencionó lo grato que, a pesar de todo, resultaba encontrarse con alguien como él, que había visto sus películas sin ningún tipo de actitud previa. Algo así pretendió decirle en un murmullo que tenía bastante que ver con el champán, y de nuevo le miró directamente a la retina, ya no sabía si con fiereza o, sencillamente, con ese par de benditos ojos que tenía.

Reconcentrada en su pecho, él sintió toda la miseria universal imaginable. Cuán ingenuo podía ser el Ángel al pensar que era posible ver sus películas, siendo hombre nacido de humana madre y sin sentir una contracción en el páncreas, cuando la cámara se cebaba en su sonrisa, elevándola sin preámbulos a la categoría de pecado. Pero bueno, tampoco era del todo mentira que ella estuvo espléndida en esa película. Se dio fuerzas, pues, para seguir mintiendo a medias. Necesitaba librarse del devastador influjo de aquellos ojos. Miró en un bloc de notas y, con la vista ligeramente nublada por un velo de sudor, alcanzó a leer la primera de las preguntas que llevaba escritas. Se refería a sus inicios como actriz, pues al parecer Michelle, pese a su juventud, y aun antes de haber pasado por el Actor's Studio, había hecho algo de teatro. Estaba efectuándole la pregunta, por supuesto olvidando y echando a perder sobre la marcha la relativamente digna dicción inglesa que creía poseer, cuando pensó que el suelo se lo tragaba, que en aquel sofá minúsculo y en llamas se acababa de abrir un boquete que lo arrastraba al lodo de lo irreal. La mano y el brazo izquierdo de la musa, que se había ido deslizando desde su cabello al respaldo del sofá, y de ahí al lugar donde él tenía apoyada la cabeza, tocaron su hombro. Michelle sonreía, pero sin mover la mano de allí. La actriz volvió a parpadear como si le pesasen los párpados y su cara se balanceó musicalmente hacia un lado. Las piernas de él registraron una instantánea contracción bajo el cassette. Intentó recomponer su compostura, tensó su espalda en la medida de lo posible y repitió íntegra la pregunta, ahora cristalina y sonoramente, casi a modo de recitativo shakesperiano. Transpiraba ferozmente. Le angustiaba la perspectiva de sudar como un cerdo, pero parecía que a ella le encantaba verlo así. En vez de contestar a su pregunta, Michelle, sonriente, siguió hablando de esa película que a él tanto le gustase. «En realidad yo no soy tan contenida, ¿sabes? Soy mucho más loca, ¿se dice loca?», preguntó abriendo mucho los ojos y con una mueca oblicua en los labios que tan pronto podía ser maliciosa como dubitativa. «Más alegre», remachó al final como si hubiese afirmado algo prohibido.

Para sobresalto suyo, Michelle siguió contestando a sus preguntas con la lengua pastosa, perdiendo el hilo de aquello que decía y, lo que era más increíble, hablando largos ratos con los ojos entornados, pues por momentos los tenía cerrados. Mientras, en una operación que duró un par de minutos, iría aproximando el cuerpo al suyo. Finalmente fue la cabeza del Ángel la que, como un imperio que declina, empezó a caer lenta e inexorablemente sobre él, siempre intentando articular algún vocablo o excusa por lo cansada que decía encontrarse. Le preguntó, aunque tieso como un bloque de hielo, si quería que lo dejaran. Pero ella, solícita y sin duda abotargada por el alcohol, negaba una y otra vez con la cara en unas intermitentes sacudidas. Así hasta que, en apenas un instante, provocándole una descarga de adrenalina tal que se desvaneció toda posibilidad de decir o hacer algo, ella apoyó la cabeza contra su hombro y se quedó dormida. Creyó que el corazón se le paraba. Sus labios temblaban. Convencido de que estaba soñando, tocó aquel sagrado pelo rubio y lacio que ahora caía caprichosamente sobre el rostro de la diosa. Nadie creería esto cuando intentase contarlo, nadie. Por empeñarse en defender historias como ésta, seguro que los centros psiquiátricos estaban llenos de desventurados a los que nadie creyó.

La cabeza de Michelle, enmarañado el cabello y aún musitando de tanto en tanto sonidos ininteligibles, se deslizó otro poco. Ahora la tenía sobre el pecho. Se movió como pudo, repitiéndole que ya se iba, que en seguida llamaba a su agente, pero Michelle se había hecho un ovillo sobre él, y aquel rostro puro y rectilíneo, en el que resaltaba ese lunar ya famoso entre los que rinden culto a los astros del cine, se deslizó otro poco hasta quedar apoyado contra su regazo. Ya ni adrenalina le quedaba. Su capacidad de sorpresa se había desbordado. Calma, era preciso no perder la calma, resolver aquella situación como fuese y pronto. Se hundió en el barrizal del más necio e inútil de los monólogos con la esperanza de que ella despertase. Los minutos transcurrían dulces y agónicos, la respiración de la diosa se acompasaba y se hacía profunda. Simultáneamente, pasaba de la vergüenza a la estupefacción, y de ahí a una sensación de irreprimible alborozo. En el salón sólo se oía, aparte de los rítmicos jadeos de Michelle, la vibración de la luz de la lámpara de pie que estaba junto al sofá. Repercutía en sus tímpanos de modo violento, confundiéndose con sus propios latidos. La miró incrédulo una vez más. Se atrevió incluso a zarandearla, pero con escasa convicción, eso era cierto. La zarandeó con mesura, con mimo, como el arqueólogo tantea la milenaria pieza. No imaginaba otra forma de despertar a aquella criatura de porcelana que había caído del cielo como un fardo hundiéndose con tamaña candidez en las redes de Morfeo. Si el edificio se hubiese venido abajo en esos momentos, ella hubiese seguido dormida como un lirón. Se encontraría su cadáver entre los escombros, pero la actriz no se hubiera enterado de nada. Permanecía arrebujada sobre él como una niña de corta edad que, fatigada tras una jornada de juegos, busca calor y protección en el contacto con sus mayores.

El único inconveniente, lo que le causaba verdaderos estragos, era comprobar que la niña, cuyo vestido tenía nuevos y mareantes pliegues a causa de esa postura fetal que adoptase sobre él, ahora había abierto la boca desmesuradamente, sin duda debido a un reflejo muscular tras el cansancio, y esa boca estaba muy cerca, casi rozando sus pantalones a la altura de la bragueta. Contuvo como pudo la respiración, intentó pensar en otras cosas y, al mismo tiempo, procuró no moverse absolutamente para nada, como si un solo gesto de más o de menos pudiese dar al traste con todo aquello. Hizo un esfuerzo por ordenar sus ideas, sobreponerse a ese vértigo que, sobre todo, se adueñaba de sus piernas y su estómago. Estaba haciéndolo cuando un nuevo descubrimiento lo abocó al borde de una crisis nerviosa. Otra vez era duchado por la adrenalina. De la boca totalmente abierta de Michelle pendía un hilillo de saliva que, calando tibiamente en su pantalón por la bragueta, amenazaba con lo que desde aquel mismo momento empezó a temer, a no saber cómo evitar: el súbito e involuntario endurecimiento de su miembro. La sensación de absurdo se lo comía por momentos, y también la excitación. Ya no sabía si eso que creía notar era la saliva de ella, o si era su propia imaginación disparada. Se dijo que aquello era demasiado inverosímil, demasiado bonito como para convertirse en algo sucio. No era justo que se embruteciese una imagen como ésa, con toda certeza irrepetible en su vida. Pero la química del cuerpo manda. Se comportaba como un esclavo de los salvajes dictados de esa guarnición de neuronas en rebeldía, en plena insurrección armada celular. El problema era lo que se agazapaba bajo la cremallera de su pantalón. Su contención, su titánico esfuerzo de voluntad y cordura llegaba hasta el punto de no moverse, de ser una estatua, un maniquí sobre el que ella había decidido echarse una cabezadita. Pero no ejercía control alguno sobre esa otra parte de su propio cuerpo que ya estaba dura como una piedra. Porque aquella malhadada cabeza babeante se movía, de izquierda a derecha y de atrás adelante como si en sus sueños buscase una cómoda posición sobre la hipotética almohada. Se sintió maniquí derritiéndose segundo a segundo. Todo él era un maniquí excepto en esa zona, la almohada de ella. Ahí era una estatua.

Podía mirarla a su antojo. Se regodeó visualmente, pues, en el límite de sus braguitas color frambuesa y en el pezoncillo enhiesto que asomaba de lo que minutos antes fuese un amplio escote. Tras vacilar unos momentos, y por supuesto moviéndose con extremado cuidado una vez más para comprobar si ella reaccionaba, sus manos temblorosas palparon aquí y allá centímetros de esa piel de seda, cuyos poros se erizarían en un estremecimiento acaso de inconsciente gratitud por unas caricias que ni él mismo estaba seguro de haber efectuado. Porque aquella piel de seda más parecía ser un campo magnético. Despedía una fuerza que tal vez fuese electricidad. Volvió a palpar suavemente. Brazos, rodillas, hombros, cabellos. Lo hizo poniendo en funcionamiento todos sus sentidos. Según el reloj, llevaban así más de media hora. Y sin embargo, pese a que hubiera preferido moverse un poco y cambiar de postura, incluso con Michelle encima, principalmente con ella encima, parecía que todo hubiese sucedido en apenas un soplo. Miró con deleite aquellos hombros delicados, casi huesudos, que pedían a gritos ser estrujados. Aquellos brazos elegantes y desnudos como tallas de marfil. Aquel cuello de madonna de retablo renacentista, ya no caldo de cultivo de vampíricas disquisiciones, que lo era, sino incuestionable objeto de veneración. Aquellos labios húmedos y entreabiertos, no sabría afirmar si grotescamente o dejando entrever un rictus de evanescente lujuria, labios de un tono entre rosa intenso y violáceo, como si terminara de mordisqueárselos con fruición enfermiza. Aquellos pómulos de una palidez sobrenatural, algo que sólo se refleja en ciertas obras maestras de la escultura. Hubiese seguido palpando de buen grado aquí y allá, pero la conciencia de estar atravesando una situación ridícula, y también la modorra que poco a poco le embargaba, hicieron que apoyase la nuca en el respaldo del sofá, dispuesto, si no a echarse una cabezadita siguiendo el ejemplo de Michelle, sí al menos a relajarse lo más posible. Como ya sucediese antes, la cara de ella se movió ligeramente, apretando más la boca, la comisura de sus labios, contra esa parte de su cuerpo que, luego de un efímero titubeo, volvió a endurecerse como si, atiborrada de sangre, estuviese dispuesta a estallar. En esos instantes de vértigo pensó cosas tan dispares y disparatadas como que estaban hechos el uno para el otro o que aquello podía costarle la cárcel y un escándalo enorme si llegaban a sorprenderlos así. A saber de qué podían acusarle. Pero el problema, la prueba de fuego continuaba: Michelle parecía querer masticar algo, pues emitía gorgoritos y no cesaba de frotarse contra su pantalón. Era natural, pensó aturdido, la almohada ya no estaba blanda como al principio. Ahora ella dormitaba sobre el duro suelo que era su miembro. En otro momento pensó: «Esta tía se ha creído que soy un chupa-chup», pues seguía ensalivándole. Pero no, por fin cambió ligeramente de posición, girando un poco el rostro y alejando con ello peligros mayores y tentaciones vanas. Había cogido lo que se entendía por una buena postura. Y de paso también él adoptó una posición más cómoda en el sofá. Aunque como en falsete, y con una guturalización que creyó propia de los ángeles, ahí, ante sus narices y pegada a su vientre, Michelle P., la diosa, la diva, la estrella, empezó a roncar como una condenada.

Cerró los ojos y se sumió en un sueño oscuro y turbulento. Le despertaron de súbito con unas palmadas en el hombro. Pensó que habrían transcurrido pocos minutos desde que se durmió, pero no. Eran las seis y cuarto de la mañana. El agente le observaba con cara de circunstancias, como entendiendo el trago que debió de pasar. Michelle no estaba. En cambio, sobre sus piernas, y tapándole pudorosamente hasta la cintura, alguien había colocado una mantita a cuadros escoceses. La tomó con cuidado. Le dolía todo el cuerpo. El agente le indicó que había sido la propia actriz quien, al despertarse un rato antes, y viéndolo profundamente dormido, se dirigió a la habitación contigua y le colocó esa prenda, que era *su* manta preferida. «Ahora se está duchando, ya que hemos de ir al aeropuerto a toda prisa», añadió el agente. Él se irguió diciendo que ya se iba. En ese instante, por encima de todas las cosas, lo que más hubiera deseado era poder conservar esa manta como recuerdo. Pero pertenecía a Michelle, la acompañaba a todos lados, era *su* mantita, así que el agente la cogió, doblándola a continuación con esmero. Parecía claro que debía irse, que de todo aquello sólo conservaría un pedazo de memoria. Le dijo al agente que, antes de dormirse, habían grabado algo, y que ya servía para la entrevista. Les enviarían un ejemplar de la revista en cuanto se publicase. Se despidieron y, ya antes de irse, no pudo evitar decirle: «Salude a Michelle de mi parte», como si la actriz y él fuesen íntimos, amigos de toda la vida.

Al cruzar frente al mostrador de recepción del hotel notó clavados en su figura los ojos escrutadores del empleado que había estado cumpliendo turno de noche. Ese tipo le vio entrar poco antes de las doce de la noche y le veía salir ahora, poco más tarde de las seis de la mañana. De un modo u otro debía de saber dónde y con quién había estado, pero no cómo. Él le sonrió con incontenible superioridad en un gesto tan tonto como instintivo, mientras pensaba: «Ahí te quedas, con tus dudas.» Un rato después, sin embargo, se iniciaron otros problemas: nadie le creía, un par de compañeros afirmaron creer la historia, pero a sus espaldas se miraban entre ellos de manera significativa. Redactó el artículo-entrevista, aunque sin aludir para nada a lo que sucediese en aquel pequeño y mullido sofá de la suite alta del hotel. Escribió con indecible ternura acerca de Michelle. Escribió con tal énfasis que, por vez primera en casi ocho años de trabajar en la revista, el director se vio obligado, dijo, a cambiarle determinadas expresiones. «Te ha dado fuerte, chico, ya se te pasará», le comentó aquél a manera de consuelo. En el fondo le parecía inútil intentar convencer a nadie de que él y sólo él sabía cómo es posible seguir comportándose tal que una diosa pese a ser una vulgar y babeante roncadora. Es decir, humana.

Cuando al filo del mediodía llegó a su casa, hizo algo como un autómata. Buscó un long-play de los Beatles entre sus álbumes de discos viejos. Llevaba años sin oírlo. Eligió una canción, la puso en el tocadiscos y se sentó en la cama. Siempre había sido una canción triste, pero ya no lo era. Quizá, a partir de ahora, ya no habría otra canción en su vida. La voz de MacCartney, ese trino de niño de coro de iglesia que consolaba a corazones solitarios, repetía en perfecto francés las palabras: «*Michelle, ma belle, ce sont les mots que vont très bien ensemble, très bien ensemble.*» Aunque se considerara una persona adulta y a menudo de carácter duro, también era un ser sensible, así que tampoco le pareció mal estar a punto de derramar lágrimas a causa de una incomprensible alegría.

Pero ahora necesitaba dormir, dormir de verdad. Algún día se lo contaría a sus nietos.

GRAHAM GREENE

Manos muertas

Cuando Carter cumplió cuarenta y dos años pensó que era maravillosa la paz, la seguridad de un matrimonio genuino. Y hasta disfrutó con cada detalle de la ceremonia religiosa, salvo cuando vio a Josephine secarse una lágrima mientras él atravesaba la iglesia del brazo de Julia. No era sorprendente que Josephine estuviera presente, dada su nueva franca relación. Carter no tenía secretos con Julia. Le había hablado de los diez años tormentosos pasados junto a Josephine, de sus celos desmedidos, de sus oportunos ataques de nervios.

—Es que se sentía insegura —arguyó Julia, llena de comprensión. Estaba convencida de que, en poco tiempo, ambos podrían ser amigos de Josephine.

—Lo dudo, querida.

—¿Por qué? Siento afecto por cualquiera que te haya querido.

—Fue un amor bastante cruel.

—Quizá al final, cuando ella sabía que te perdía. Pero hubo años felices, querido.

—Sí.

Pero Carter quería olvidar que había querido a alguna otra mujer antes que a Julia.

A veces, la generosidad de Julia lo dejaba perplejo. Al séptimo día de su luna de miel, mientras tomaban *retsina* en un pequeño restaurante de la playa, cerca de Sunion, sacó por casualidad una carta de Josephine que llevaba en el bolsillo. Había llegado el día anterior y él la había ocultado para no disgustar a Julia. Era característico de Josephine eso de no dejarlo en paz, ni siquiera durante la breve luna de miel. Hasta la letra de Josephine le resultaba aborrecible: muy clara, pequeña, escrita en tinta negra como su pelo. Julia era rubia platino. ¿Cómo había podido pensar alguna vez que ese pelo negro era hermoso? ¿Cómo había sentido impaciencia por leer cartas escritas con tinta negra?

—¿Qué carta es ésa, querido? No sabía que hubiera correspondencia.

—Es de Josephine. Llegó ayer.

—¡Ni siquiera la has abierto! —exclamó sin sombra de reproche.

—No quiero pensar en ella.

—Pero, querido, quizá esté enferma.

—¿Josephine? No, no creo.

—O desesperada.

—Gana más con sus dibujos de modas que yo con mis cuentos.

—Querido, seamos bondadosos. Podemos permitírnoslo. Somos tan felices...

De modo que Carter abrió la carta. Era cariñosa y Josephine no se quejaba. La leyó con aversión.

Querido Philip: No quise ser una aguafiestas durante la ceremonia, de modo que no tuve oportunidad de decirte adiós y desearos la mayor felicidad posible. Julia me pareció terriblemente hermosa y muy, muy joven. Debes cuidar mucho de ella. Sé que puedes hacerlo muy bien, Philip querido. Cuando la vi, no pude dejar de preguntarme por qué tardaste tanto tiempo en dejarme. Tonto mío... Es mucho menos doloroso actuar rápidamente.

No creo que ahora te interese saber detalles sobre mis actividades, pero por si te preocupas un poco por mí —sé que tienes la manía de preocuparte—, quiero que sepas que trabajo muchísimo en una serie para... Adivina. ¡La edición francesa de *Vogue*! Me pagan una fortuna en francos, y no tengo un minuto que perder en pensamientos tristes. Espero que no te importe: he vuelto una vez a nuestro apartamento —*lapsus linguae*— porque había perdido un apunte. Lo encontré en nuestro cajón común —nuestro «banco de ideas», ¿recuerdas?—. Pensaba que me había llevado todas mis cosas. Pero ahí estaba entre las páginas de ese cuento que empezaste a escribir aquel verano maravilloso y que nunca terminaste, en Napoule. Pero estoy divagando, y lo único que quería decirte es: Que seáis muy felices. Cariñosamente, Josephine.

Carter pasó la carta a Julia y dijo:

—Pudo ser peor.

—Pero ¿tú crees que debo leerla?

—Está dirigida a los dos.

De nuevo pensó que era maravilloso no guardarse secretos. Había guardado tantos secretos durante los últimos diez años, incluso secretos inocentes, por temor a que fueran mal interpretados, a que provocaran la cólera o el silencio de Josephine... Ahora no temía nada: hasta se sentía capaz de confiar un secreto culpable a la comprensión y afinidad de Julia.

—Fue una tontería no enseñarte la carta ayer —dijo—. Nunca volveré a hacer una cosa semejante.

Procuró recordar el verso de Spencer: «... puerto después de mares tempestuosos.»

Cuando Julia terminó de leer la carta, dijo:

—Creo que es una mujer maravillosa. Ha sido muy amable al escribirnos esta carta. ¿Sabes? Me sentía un poco preocupada por ella, aunque sólo de vez en cuando, desde luego... Después de todo, a mí no me gustaría perderte después de diez años.

Cuando regresaban a Atenas en taxi, agregó:

—¿Fuiste feliz en Napoule?

—Sí, supongo que sí. No recuerdo. No era como ahora.

Aunque sus hombros se rozaban, Carter sintió con las antenas del amor que ella se alejaba. El sol brillaba en el camino de Atenas; los aguardaba una siesta tibia y dichosa, pero sin embargo...

—¿Te pasa algo, querida?

—Nada importante... Es sólo que... Pienso si algún día dirás de Atenas lo mismo que de Napoule: «No recuerdo. No era como ahora.»

—Qué tonta tan deliciosa eres —dijo, besándola.

Después juguetearon un rato en el taxi que los llevaba a Atenas, y cuando las calles empezaron a abrirse, ella se incorporó en su asiento y se peinó.

—Tú no eres lo que se llama un hombre frío —dijo.

Carter comprendió que todo marchaba bien de

110

nuevo. Si por un instante había surgido un ligero distanciamiento entre ellos, la culpa era de Josephine.

Cuando se levantaron de la cama para comer, ella dijo:

—Tenemos que escribir a Josephine.

—¡Oh, no!

—Te entiendo, querido. Pero nos ha mandado una carta maravillosa.

—Entonces, envíale una postal.

Resolvieron hacer eso.

Cuando regresaron a Londres, los sorprendió el otoño —si no el invierno, porque había hielo en la lluvia que caía sobre el asfalto y ya habían olvidado lo temprano que se encienden las luces en Inglaterra—. Los anuncios de Gillette, Lucozade y Smith's Crisps reemplazaban la vista del Partenón. Los letreros de BOAC parecían más tristes que de costumbre: «BOAC lo trae a Londres; BOAC lo devuelve a su hogar.»

—En cuanto lleguemos, encenderemos todas las estufas eléctricas —dijo Carter— y el piso se calentará en seguida.

Pero cuando abrieron la puerta descubrieron que las estufas ya estaban encendidas. Pequeños resplandores les dieron la bienvenida, en la penumbra, desde el cuarto de estar y el dormitorio.

—Parece obra de un hada —dijo Julia.

—No ha sido un hada, precisamente... —dijo Carter, que ya había visto sobre la chimenea el sobre dirigido a la «Señora de Carter».

Querida Julia (supongo que podré llamarte Julia; siento que tenemos mucho en común, unidas por el amor al mismo hombre). Hoy ha hecho tanto frío que me preocupó la idea de que regresarais del sol y el calor a un piso helado. (Sé lo helado que puede ser ese piso. Solía resfriarme todos los años, cuando regresábamos del sur de Francia.) De modo que me he tomado la libertad de entrar y encender las estufas. Pero para demostraros que nunca volveré a hacer algo semejante he dejado mi llave bajo el felpudo, a la entrada.

Eso, por si decidís demoraros en Roma o en alguna otra parte. Telefonearé al aeropuerto y si por algún improbable azar no habéis regresado, volveré y apagaré las estufas para que no haya peligro (y para economizar, ¡las tarifas son terribles!). Te deseo una noche tibia en tu nuevo hogar. Cordialmente, Josephine.

P.D. He visto que la lata de café está vacía. He dejado un paquete de Blue Mountain en la cocina. Es el único café que le gusta a Philip.

—Bueno... —dijo Julia riendo—. Piensa en todo.

—Preferiría que nos dejara en paz —dijo Carter.

—Ahora estaríamos helados y no tendríamos café para el desayuno.

—Tengo la sensación de que está al acecho y se aparecerá en cualquier momento. Cuando te bese, por ejemplo.

La besó, mirando la puerta con ojos vigilantes.

—Eres un poco injusto, querido. Después de todo, ha dejado la llave bajo el felpudo.

—Debe de conservar un duplicado.

Ella le cerró la boca con un beso.

—¿Te has dado cuenta del erotismo que despierta un viaje en avión? —preguntó Carter.

—Sí.

—Debe de ser la vibración.

—Bueno, qué esperamos, querido.

—Primero miraré bajo el felpudo. Quiero asegurarme de que no ha mentido.

Carter disfrutaba de su matrimonio. Tanto, que sentía no haberse casado antes, olvidando que en ese caso estaría casado con Josephine. Encontró a Julia, que no trabajaba, casi milagrosamente disponible. En la casa no había ninguna criada que les estropeara la relación con sus manías. Como siempre estaban juntos, en las reuniones, los restaurantes, las comidas de poca gente, sólo tenían que mirarse a los ojos... Julia adquirió muy pronto la reputación de mujer delicada, que se cansaba pronto: era frecuente que dejaran una reunión al cuarto de hora de llegar o abandonaran una comida después del café. «Oh, querida, lo siento mucho, pero tengo un dolor de cabeza atroz. Philip, quédate, por favor...» «No me quedaré, desde luego.»

Una vez estuvieron a punto de ser descubiertos en la escalera, donde reían sin poderse contener. Su huésped los había seguido para pedirles que echaran una carta en el buzón. En ese instante, Julia tuvo que transformar su risa en un simulacro de ataque de nervios. Pasaron varias semanas. Verdaderamente eran un matrimonio feliz. De cuando en cuando les complacía hablar de su felicidad, y cada uno atribuía el principal mérito al otro.

—Cuando pienso que pudiste casarte con Josephine... ¿Por qué no te casaste con ella?

—Supongo que, en el fondo, pensábamos que la cosa no iba a durar.

—¿Durará lo nuestro?

—Si no dura, entonces no habrá nada que dure en el mundo.

A principios de noviembre empezaron a estallar las bombas de relojería. Sin duda el plan era que explotaran antes, pero Josephine no había tenido en cuenta los cambios en las costumbres de Carter. Pasaron unas cuantas semanas antes de que él abriera lo que solían llamar el «banco de ideas» en la época de su estrecha relación; el cajón en que él solía dejar notas para sus relatos, fragmentos de diálogos oídos al azar y cosas por el estilo, y ella rápidos apuntes para anuncios de modas.

Carter abrió el cajón y en seguida vio la carta. En el sobre decía «Super secreto», con tinta negra y un curioso signo de exclamación en forma de muchacha con ojos enormes (Josephine padecía un elegante bocio exoftálmico) que surgía como un genio de una botella. Leyó la carta con gran disgusto:

Querido: No esperabas encontrarme aquí, ¿verdad? Después de diez años tengo derecho a decirte de cuando en cuando buenas noches o buenos días, ¿cómo estás? Te deseo lo mejor. Con todo cariño (de verdad), tu Josephine.

La amenaza «de cuando en cuando» era inequívoca. Carter cerró el cajón de golpe y exclamó «¡Maldita sea!» en voz tan alta que apareció Julia:

—¿Qué pasa, querido?

—Josephine, otra vez.

Julia leyó la carta y dijo:

—Pobre, la comprendo... ¿Rompes la carta, querido?

—¿Y qué quieres que haga? ¿Que la conserve para una edición de sus cartas completas?

—Eres un poco cruel...

—¿Crees que yo soy cruel con ella? Querida, no sabes la vida que hemos llevado en los últimos años. Puedo mostrarte las cicatrices. Cuando se enfurecía, apagaba los cigarrillos en cualquier parte.

—Sentía que estaba perdiéndote, querido, y se desesperaba. Yo tengo la culpa de cada una de esas cicatrices.

Carter vio en los ojos de Julia una suave mirada entre meditabunda y divertida, que siempre los llevaba a lo mismo.

Pasaron sólo dos días antes de que estallara la segunda bomba. Cuando se levantaron, Julia dijo:

—Tendríamos que dar vuelta al colchón. Dormimos en una especie de hoyo en el medio.

—No me había dado cuenta.

—Hay gente que da vuelta al colchón cada semana.

—Sí, Josephine lo hacía siempre.

Quitaron las sábanas y empezaron a enrollar el colchón. Sobre el somier había una carta dirigida a Julia. Carter la vio primero y trató de ocultarla, pero Julia lo sorprendió.

—¿Qué es eso?

—Josephine, desde luego. Pronto podremos formar un volumen con sus cartas. Intentaremos que las edite la Universidad de Yale, como las cartas de George Eliot.

—Querido, está dirigida a mí. ¿Qué pensabas hacer con ella?

—Destruirla en secreto.

—Pensaba que nunca nos guardaríamos secretos.

—No contaba con Josephine.

Por primera vez, Julia vaciló antes de abrir la carta.

—Realmente es un poco extravagante dejar la carta en este sitio... ¿Crees que llegó aquí por casualidad?

—Me parece difícil...

Julia leyó la carta y después se la tendió.

—Me explica por qué lo hizo —dijo con alivio—. Es bastante natural.

Carter leyó:

Querida Julia: Espero que estés tomando un maravilloso sol griego. No se lo cuentes a Philip (aunque, desde luego, aún no tendréis secretos el uno para el otro...), pero nunca me gustó el sur de Francia. Siempre ese mistral que seca la piel. Me alegra saber que no estás sufriendo en ese lugar. Siempre planeábamos irnos a Grecia cuando pudiéramos permitírnoslo, de modo que sé cuán feliz se sentirá Philip. Hoy he venido a buscar un apunte, y recordé que hace por lo menos quince días que no hemos dado vuelta al colchón. Estábamos algo distraídos las últimas semanas que pasamos juntos, ¿sabes? Pero no soporto la idea de que regreses de las islas del loto y encuentres gibas en tu colchón, la primera noche. Le he dado vuelta por ti. Te aconsejo que lo hagas todas las semanas, de lo contrario se formará un hueco en el medio. A propósito: he colgado las cortinas de invierno y he enviado las de verano a la tintorería, en el 153 de Brompton Road.

Cariñosamente, Josephine.

—Recuerda que me escribió diciendo que Napoule era maravilloso —dijo Carter—. El editor de Yale tendrá que aclararlo con una nota.

—Eres demasiado frío —dijo Julia—. Querido, ella sólo quiere ser útil. Después de todo, yo no sabía nada de las cortinas ni... del colchón.

—Supongo que le contestarás con una larga y amistosa carta, llena de consultas hogareñas.

—Debe de hacer semanas que espera respuesta. Ésta es una carta antigua.

—Me pregunto cuántas cartas antiguas están a punto de salir a la luz. Dios mío, revisaré el piso de arriba abajo. Desde el desván hasta el sótano.

—No tenemos desván ni sótano.

—Ya me entiendes.

—Lo único que entiendo es que tu irritación es exagerada. Te portas como si la temieras.

—¡Mierda!

Julia salió súbitamente del cuarto y él procuró trabajar. Más tarde, ese mismo día, estalló un cohete. Nada serio, pero no mejoró el estado de ánimo de Carter. Buscaba el número para enviar un telegrama por teléfono y descubrió, metida en el primer tomo de la guía y mecanografiada en la máquina de Josephine —en la que la O fallaba siempre— una lista completa, por orden alfabético, de los números que él usaba más a menudo. John Hughes, su mejor amigo, seguía a Harrods; figuraban la parada de taxis

117

más cercana, el carnicero, el farmacéutico, el banco, la tintorería, la verdulería, la pescadería, su editor y su agente, Elizabeth Arden y la peluquera, con una nota: «J.: puedes confiar en ella y es barata.» Fue la primera vez que advirtió que las dos tenían la misma inicial.

Julia, que vio cómo encontraba la lista, comentó:

—¡Qué mujer tan angelical! Es una lista muy completa. La colgaremos sobre el teléfono.

—Después de las chifladuras de la última carta, no me habría sorprendido ver también el número de Cartier.

—No fue una chifladura, querido. Sólo dijo la verdad. Si yo no hubiera tenido algún dinero, habríamos ido al sur de Francia.

—Supongo que crees que me casé contigo para ir a Grecia.

—No seas ogro. No entiendes a Josephine, eso es todo. Interpretas mal cada amabilidad suya.

—¿Amabilidad?

—Debe de ser tu sentimiento de culpabilidad.

Después de eso, Carter empezó a buscar en serio. Miró en las cigarreras, en los cajones, revisó todos los bolsillos de los trajes que no usaba, abrió el aparato de televisión, levantó la rejilla del cuarto de baño, hasta cambió el rollo de papel higiénico (era más rápido que desenrollarlo). Mientras se afanaba en el cuarto de baño, Julia lo observaba sin su habitual comprensión. Probó en las cajas de las cortinas (¡quién sabe qué descubrirían cuando mandaran a limpiar las que había ahora!), vació el cesto de la ropa sucia por si no había examinado bien el fondo. Anduvo a gatas por la cocina para mirar bajo el horno y al encontrar un pedazo de papel alrededor de un tubo, lanzó una exclamación de triunfo. Pero no era nada: sólo un vestigio del fontanero. Llegó el correo de la tarde y Julia lo llamó desde el vestíbulo.

—Philip, nunca me dijiste que estabas suscrito a *Vogue*.

—No lo estoy.

—Aquí hay una especie de tarjeta de Navidad, en otro sobre. La señorita Josephine Heckstall-Jones nos ha regalado una suscripción. Es muy amable de su parte.

—Les ha vendido una serie de dibujos. No los miraré.

—Querido, estás portándote como un niño. ¿Crees que ella dejará de leer tus libros?

—Sólo quiero que me deje en paz contigo. Sólo durante unas semanas. No pido demasiado.

—Me pareces un poco egoísta, querido.

Esa noche Carter se sintió sereno y cansado, aunque con cierto alivio. La búsqueda había sido minuciosa. En mitad de la comida había recordado los regalos de boda, todavía empaquetados por falta de espacio, e insistió en asegurarse entre plato y plato, que las tablas estaban bien clavadas: estaba seguro de que Josephine no habría usado jamás un destornillador por temor a herirse los dedos, y porque la horrorizaban los martillos. Al fin descendió sobre ellos la paz de una noche a solas: la calma deliciosa que, ambos lo sabían, podía alterar en cualquier momento el roce de una mano. Los amantes no pueden postergar, como los casados.

—Esta noche me siento sereno como la vejez —citó Carter.

—¿Quién escribió eso?

—Browning.

—No he leído a Browning. Léeme algo suyo.

A Carter le gustaba leer a Browning en voz alta. Tenía buena voz para los versos y ése era su inocente narcisismo.

—¿De veras tienes ganas?

—Sí.

—Solía leérselo a Josephine —le advirtió.

—¿Qué me importa? No podemos dejar de repetir algunas cosas, ¿no es cierto, querido?

—Hay algo que nunca leí a Josephine. Aunque la quería, no me parecía adecuado. Lo nuestro no era... duradero.

Empezó:

How well I know what I mean to do
When the long dark autumm-evenings come...[1]

Estaba profundamente conmovido por su propia lectura. Nunca había querido tanto a Julia como en ese momento. Ése era su hogar; lo demás no había sido más que una caravana.

... I will speak now,
No longer watch you as you sit
Reading by firelight, that great brow

1. Qué bien sé lo que me propongo hacer / cuando lleguen las largas, oscuras noches del otoño...

And the spirit-small hand propping it,
Mutely, my heart knows how.[1]

Carter hubiese preferido que Julia estuviera leyendo realmente. Pero en ese caso ella no lo habría escuchado con tan adorable atención.

... If you join two lives, there is oft a scar.
There are one and one and one, with a shadowy
*   third;*
One near one is too far.[2]

Volvió la página y encontró una hoja de papel (la habría encontrado enseguida, antes de empezar a leer, si hubiera estado en un sobre).

Querido Philip: Sólo quiero decirte buenas noches entre las páginas de este libro que es tu favorito... y el mío. Hemos tenido tanta suerte al haber terminado de este modo... Con recuerdos comunes, siempre estaremos un poco juntos. Cariñosamente, Josephine.

Carter arrojó el libro y el papel al suelo.
—¡Perra! —exclamó—. ¡Maldita perra!
—No te permitiré que hables así de ella —dijo Julia con sorprendente firmeza.

1.   ... Hablaré ahora, / ya no te miraré mientras estés sentada / leyendo a la luz del fuego, la amplia frente / y las pequeñas manos de hada sosteniéndola, / sin hablar, mi corazón sabe cómo.
2.   ... Si unes dos vidas, a menudo hay una cicatriz. / Hay uno junto a otro, con un vago tercero; / uno junto a otro es demasiado lejos.

Recogió el papel y lo leyó.

—¿Qué tiene esto de raro? —preguntó—. ¿Odias los recuerdos? ¿Qué pasará con los nuestros?

—Pero ¿no te das cuenta de su artimaña? ¿No entiendes? ¿Eres idiota, Julia?

Esa noche durmieron volviéndose la espalda, sin tocarse siquiera con los pies. Desde su llegada, fue la primera noche que no hicieron el amor. Ninguno de los dos durmió demasiado. Por la mañana, Carter encontró una carta en el lugar más evidente, aunque no había pensado en él: entre los folios nuevos en que escribía sus cuentos. Empezaba:

Querido: Espero que no te importará si uso este viejo, viejo apelativo...

KATHERINE MANSFIELD

Felicidad perfecta

Aunque Bertha Young tenía treinta años, todavía experimentaba momentos como éste en los que quería correr en vez de andar, subir y bajar la acera dando unos pasos de baile, hacer rodar un aro, lanzar algo al aire y cogerlo después, o estarse quieta y reírse de... nada, sencillamente de nada.

¿Qué puedes hacer cuando tienes treinta años y al doblar la esquina de tu calle, de pronto te invade un sentimiento de felicidad —¡como si estuvieras en la gloria!— como si de repente te hubieras tragado un trozo de ese sol brillante del atardecer y siguiera ardiendo en tu pecho, enviando una lluvia de chispas hacia cada partícula, hacia cada dedo de tus manos y de tus pies?...

Pero ¿no habrá forma de expresar este sentimiento sin estar «borracha y alborotada»? ¡Qué idiota es la civilización! ¿Para qué te dan un cuerpo si luego tienes que tenerlo encerrado en una caja como si fuera un violín muy, muy valioso?

«No, lo del violín no es exactamente lo que quería decir —pensó, corriendo escaleras arriba y buscando la llave en el bolso (como siempre la había olvidado) y repiqueteando con los dedos sobre el buzón—. No es lo que quiero decir, porque...»

—Gracias, Mary. —Entró en el recibidor—. ¿Ha regresado la niñera?

—Sí, señora.

—¿Y ha llegado la fruta?

—Sí, señora, todo ha llegado.

—Sube la fruta al comedor, ¿quieres? La arreglaré antes de ir arriba.

El comedor estaba a media luz y hacía bastante frío. Pero de todas maneras Bertha se despojó del abrigo; no podía resistir un momento más aquel agobio, y el aire fresco descendió sobre sus brazos.

Pero en su pecho aún sentía aquel lugar resplandeciente, encendido... con su lluvia de pequeñas chispas. Era casi insoportable. Casi no se atrevía a respirar por miedo a avivarlo más, y sin embargo respiraba hondo, muy hondo. Casi no se atrevía a mirar en el frío espejo, pero al fin miró, y el espejo le devolvió la imagen de una mujer radiante, con los labios temblorosos y sonrientes, con ojos grandes y oscuros y un aire de estar escuchando, esperando... que ocurriera algo divino..., algo que ella sabía que iba a ocurrir... infaliblemente.

Mary trajo la fruta en una bandeja y con ella un cuenco de cristal, y un plato azul, muy bonito, con un brillo extraño, como si hubiera estado sumergido en leche.

—¿Enciendo la luz, señora?

—No, gracias. Veo bien así.

Había mandarinas y manzanas con manchas color

de fresa. Algunas peras amarillas, suaves como la seda, unas uvas blancas cubiertas de un polvillo plateado y un gran racimo de uvas moradas.

Estas últimas las había comprado para entonarlas con la nueva alfombra del comedor. Sí, ciertamente sonaba un poco exagerado y absurdo, pero realmente fue por eso que las compró. En la tienda había pensado: «Tengo que llevarme algunas de las moradas para hacer resaltar la alfombra.» Y en aquel momento le había parecido muy sensato.

Terminada su labor, cuando ya hubo construido dos pirámides con aquellas formas redondas y brillantes, dio un paso atrás para comprobar su efecto: y realmente fue muy curioso, porque la mesa oscura parecía fundirse en la penumbra y el cuenco de cristal y el plato azul parecían estar flotando en el aire. Naturalmente, en su presente estado de ánimo, esto resultaba increíblemente hermoso... Empezó a reír.

«No, no. Me estoy poniendo histérica.» Y recogiendo su bolso y su abrigo subió corriendo las escaleras al cuarto de los niños.

La niñera estaba sentada ante una mesa baja dándole la cena a la pequeña B. después del baño. El bebé tenía puesto un camisón de franela blanca y un jersey de lana azul, y llevaba su cabello fino y moreno cepillado hacia arriba formando un divertido bucle. Levantó la vista cuando vio a su madre y empezó a dar brincos.

—Vamos, bonita, sé buena y cómetelo todo —dijo la niñera frunciendo los labios de una forma que Bertha conocía bien, y que indicaba que había vuelto a entrar en el cuarto de los niños en un mal momento.

—¿Ha sido buena niña, Nanny?

—Ha sido un encanto toda la tarde —susurró la niñera—. Hemos ido al parque y yo me he sentado en un banco y la he sacado de su cochecito, y entonces ha venido un perro grande, ha apoyado la cabeza en mi rodilla y ella le ha cogido la oreja y se la ha estirado. Ay, ¡si la hubiese visto!

Bertha quería preguntar si no era un poco peligroso dejarla tocar la oreja de un perro desconocido. Pero no se atrevió. Se quedó de pie mirándolas, con las manos caídas, como la niña pobre que mira a la niña rica con la muñeca.

El bebé volvió a levantar la vista y la miró fijamente, y después sonrió de una manera tan encantadora que Bertha no pudo contenerse y dijo:

—Oh, Nanny, déjeme terminar de darle la cena mientras usted guarda las cosas del baño.

—No sé, señora, no debería cambiar de manos mientras está comiendo —dijo la niñera, todavía susurrando—. Eso la desequilibra; es muy probable que la ponga nerviosa.

Qué absurdo. ¿Para qué tener un bebé si lo tienes que guardar, no en una caja como un valioso violín, sino en brazos de otra mujer?

—¡Oh, démela! —dijo.

Muy ofendida, la niñera se la entregó.

—Bueno, pero no la excite después de cenar. Ya sabe que lo hace, señora. ¡Y después me da tanta guerra!

¡Menos mal! La niñera salió de la habitación llevándose las toallas.

—Ahora te tengo para mí sola, preciosa mía —dijo Bertha mientras la niña se recostaba contra ella.

Comía de una forma encantadora, alzando los labios en espera de la cuchara y después moviendo los bracitos. A veces no soltaba la cuchara y otras, tan pronto como Bertha la había llenado, la agitaba y esparcía su contenido a los cuatro vientos.

Cuando hubo terminado la sopa, Bertha se volvió hacia el fuego.

—Eres bonita, ¡muy bonita! —dijo, mientras besaba a su cálido bebé—. Te tengo mucho cariño. Me gustas mucho.

Y era verdad, quería tanto a la pequeña B. —su cuello cuando inclinaba la cabeza, los delicados deditos de sus pies que brillaban casi translúcidos a la luz del fuego— que todo aquel sentimiento de felicidad perfecta volvió a apoderarse de ella y una vez más no supo cómo expresarlo, qué hacer con él.

—La llaman por teléfono —dijo la niñera regresando con aire triunfal y cogiendo a *su* pequeña B.

Bajó volando. Era Harry.

—¿Ah, eres tú, Ber? Escucha. Llegaré tarde. Tomaré un taxi y me presentaré tan pronto como pueda, pero retrasa la cena diez minutos, ¿lo harás? ¿De acuerdo?

—Sí, perfectamente. Ah, ¡Harry!

—¿Sí?

¿Qué tenía que decir? No tenía nada que decir. Sólo quería conectar con él un momento. Sería absurdo exclamar: «¡Ha sido un día divino!»

—¿Qué quieres? —decía la vocecilla lejana.

—Nada. *Entendu* —dijo Bertha, y colgó el teléfono, pensando en lo verdaderamente idiota que era la civilización.

Tenían gente a cenar. Los Norman Knight —una pareja muy sólida—, él estaba a punto de abrir un teatro y ella estaba muy interesada en la decoración de interiores; un joven, Eddie Warren, que acababa de publicar un librito de poemas y a quien todo el mundo estaba invitando a cenar; y un «descubrimiento» de Bertha que se llamaba Pearl Fulton. Bertha no sabía qué hacía la señorita Fulton. Se habían conocido en un club y Bertha se había enamorado de ella, como siempre le sucedía con las mujeres hermosas que tenían cierto aire extraño.

Lo que la intrigaba era que, aunque se habían visto y habían estado juntas bastantes veces y habían hablado en profundidad, Bertha todavía no la conocía bien. Hasta cierto punto la señorita Fulton era extraordinaria y maravillosamente franca, pero aquel punto límite estaba ahí, y de ahí no pasaba.

¿Había algo más en la señorita Fulton? Harry decía que no. Opinaba que era aburrida, y «fría como todas las mujeres rubias, quizá con un toque de anemia en el cerebro». Pero Bertha no estaba de acuerdo con él: por el momento, al menos.

—No, esa manera que tiene de sentarse con la cabeza un poco ladeada, sonriendo, oculta algo, Harry, y yo tengo que descubrir qué es ese algo.

—Probablemente es un buen estómago —contestó Harry.

Se empeñaba en contradecir a Bertha con contestaciones de ese estilo... «tiene el hígado congestionado, querida», o «pura flatulencia», o «una enfermedad del riñón»... y cosas así. Por alguna extraña razón eso le gustaba a Bertha y casi le admiraba por ello.

Entró en el salón y encendió el fuego; después, cogiendo uno por uno los almohadones que Mary había colocado con tanto esmero, los arrojó otra vez sobre sillas y sofás. ¡Qué diferencia! La habitación cobraba vida inmediatamente. Cuando estaba a punto de arrojar el último se sorprendió a sí misma apretándolo contra su cuerpo apasionadamente. Pero eso no apagó el fuego de su pecho. Oh, ¡al contrario!

Las ventanas del salón daban a un balcón que dominaba el jardín. Al fondo, contra el muro, había un peral alto y esbelto, henchido de riquísima flor; estaba perfecto, inmóvil, perfilándose contra el cielo verde jade. Bertha estaba segura, incluso desde aquella distancia, de que no tenía ni un solo capullo, ni un solo pétalo marchito. Más abajo, en los parterres del jardín, los tulipanes rojos y amarillos, en plena floración, parecían recostarse contra la penumbra. Un gato gris, arrastrando el vientre, se deslizaba a través del césped, y uno negro, su sombra, le seguía. Aquella visión tan marcada y súbita hizo que Bertha sintiera un extraño estremecimiento.

—¡Qué escalofriantes son los gatos! —balbuceó. Se alejó de la ventana y empezó a pasear de arriba abajo...

¡Qué fuerte olían los narcisos en la habitación caliente! ¿Demasiado? Oh, no. Y sin embargo, como vencida, se echó encima del sofá y se apretó los ojos con las manos.

—¡Soy demasiado feliz..., demasiado feliz! —murmuró.

Y le parecía estar viendo sobre sus párpados el hermoso peral con sus grandes flores abiertas como símbolo de su propia vida.

Realmente..., realmente... lo tenía todo. Era joven. Harry y ella estaban tan enamorados como siempre, se llevaban espléndidamente y eran muy buenos compañeros. Tenía un bebé adorable. No tenían que preocuparse por dinero. Tenían una casa y un jardín absolutamente satisfactorios. Y amigos; amigos modernos y estimulantes, escritores, pintores y poetas, o gente interesada en cuestiones sociales, precisamente la clase de amigos que a ellos les gustaba. Y luego estaban los libros, y la música, y había encontrado una modista maravillosa, y este verano iban a marcharse al extranjero, y su nueva cocinera hacía unas tortillas riquísimas...

—Soy absurda. ¡Absurda! —Se incorporó; pero se sentía muy mareada, como ebria. Debía de ser la primavera.

Sí, era la primavera. Ahora se sentía tan cansada que apenas si podía arrastrarse hacia arriba para vestirse.

Un vestido blanco, un collar de cuentas de jade, zapatos y medias verdes. No era intencionado. Había planeado este conjunto horas antes de haber estado frente a la ventana del salón.

Sus pétalos crujieron suavemente al entrar en el vestíbulo, y besó a la señora de Norman Knight, que se estaba quitando un abrigo naranja divertidísimo, con una procesión de monos negros rodeando el dobladillo y subiendo hasta las solapas.

—... ¿Por qué? ¿Por qué? ¿Por qué la clase media es tan sosa?, ¡tan completamente falta de sentido del humor! Te aseguro, querida, que estoy aquí de pura casualidad y ha sido sólo gracias a Norman. Porque mis queridos monitos molestaron tanto en el tren que todos a una me comieron con la mirada. No reían (no lo encontraban divertido), cosa que me hubiera encantado. No, sólo miraban, me perforaban con la mirada.

—Pero lo mejor de todo —dijo Norman, poniéndose un gran monóculo de concha en el ojo—, no te importa que lo cuente, ¿verdad, Rostro? —En casa y entre amigos se llamaban Rostro y Bobo—. Lo más divertido fue cuando ella, completamente harta, se volvió hacia la señora que tenía a su lado y le dijo: «¿Es la primera vez que ve usted un mono?»

—¡Ah, sí! —la señora de Norman Knight se rió con ellos—. ¿Verdad que fue de lo más exquisito?

Y lo más divertido era que ahora que se había quitado el abrigo toda ella parecía un monito muy inteligente, un monito que incluso se había hecho aquel vestido de seda amarilla con pieles de plátano raspadas. Y sus pendientes de ámbar: parecían nueces que se balanceaban.

—¡Esto sí que es venir a menos! —exclamó Bobo, deteniéndose delante del cochecito de la pequeña B.—. Cuando el cochecito se instala en el vestíbulo... —Y dejó el final de la cita en el aire.

Sonó el timbre. Era el delgado y pálido Eddie

Warren, en un estado de tremenda angustia (como siempre).

—Es *ésta* la casa, ¿no? —preguntó con voz lastimosa.

—Oh, creo que sí..., espero que sí —respondió Bertha alegremente.

—Nunca he tenido una experiencia tan *terrible* con un taxista; era un hombre de lo *más* siniestro. No lograba hacerle *parar*. Cuanto *más* llamaba y golpeaba en el cristal más *rápido* iba. Y a la luz de la luna esa figura *extraña* con la cabeza *aplastada* que se *inclinaba* sobre el *pequeño* volante...

Se estremeció, mientras se quitaba un pañuelo inmenso de seda blanca. Bertha se dio cuenta de que sus calcetines también eran blancos: encantador.

—¡Qué horrible! —exclamó.

—Sí, verdaderamente lo ha sido —dijo Eddie, siguiéndola hasta el salón—. Me veía *conducido* a través de la Eternidad en un taxi *intemporal*.

Eddie conocía a los Norman Knight. De hecho iba a escribir una obra de teatro para N. K. cuando su proyecto del nuevo teatro se realizara.

—Bueno, Warren, ¿cómo va la obra? —preguntó Norman Knight, dejando caer su monóculo, y dándole al ojo un momento para recuperarse y salir a la superficie antes de que volviese a quedar aprisionado.

Y la señora de Norman Knight:

—Oh, señor Warren, ¡qué calcetines tan alegres!

—Estoy *tan* contento de que le gusten —dijo él mirándose fijamente los pies— ...parece que se hayan vuelto mucho más *blancos* desde que salió la luna.

Y volvió su cara joven y melancólica hacia Bertha.

—*Hay* luna, ¿sabes?

Ella quería gritar: «Estoy segura de que la hay... a menudo... ¡a menudo!»

Realmente era una persona muy atractiva. Pero también lo era Rostro, acurrucada junto al fuego con sus pieles de plátano, y también lo era Bobo, fumando un cigarrillo y diciendo mientras tiraba con el dedo la ceniza: «¿Por qué se retrasa el novio?»

—Aquí llega.

¡Pum!, hizo la puerta al abrirse y cerrarse. Harry gritó:

—Hola, gente. Bajaré dentro de cinco minutos.

Y le oyeron trepar escaleras arriba. Bertha no pudo contener la sonrisa; sabía cuánto le gustaba hacer las cosas con mucho apremio. Al fin y al cabo, ¿qué importaban unos minutos de más? Pero él se convencería a sí mismo que importaban una enormidad. Después, como dándole mucha importancia, entraría en el salón extravagantemente frío y tranquilo.

Harry tenía tanto entusiasmo por la vida. Ah, cuánto le admiraba por ello. Y su pasión por luchar —por buscar en cada cosa que se alzaba en su contra otra prueba de su poder y valor—, eso también lo entendía. Incluso cuando eso le hacía parecer, en ocasiones, y sólo a personas que no le conocían bien, tal vez un poco ridículo... Porque había momentos en que se lanzaba a la batalla donde no había batalla alguna... Bertha habló y rió y se olvidó por completo —hasta que él entró (exactamente como ella había imaginado que lo haría)— de que Pearl Fulton no había llegado.

—¿Crees que la señorita Fulton se habrá olvidado?

—Supongo que sí —dijo Harry—. ¿Tiene teléfono?

—¡Ah! Ahí llega un taxi. —Y Bertha sonrió con ese airecillo de propietaria que asumía cuando sus hallazgos femeninos eran nuevos y misteriosos—. Vive en los taxis.

—Se volverá gorda si lo hace —dijo Harry fríamente, haciendo sonar la campanilla para la cena—. Un gran peligro para las rubias.

—Harry, no seas así —le advirtió Bertha mirándole y riendo.

Pasó otro pequeño instante, mientras esperaban, riendo y hablando, una pizca demasiado cómodos, una pizca demasiado inconscientes. Y entonces la señorita Fulton, toda vestida de plata, con una redecilla plateada recogiéndole el cabello rubio claro, entró sonriendo, con la cabeza un poco ladeada.

—¿Llego tarde?

—No. En absoluto —dijo Bertha—. Vamos.

La tomó del brazo y se trasladaron al comedor.

¿Qué había en el roce de aquella piel fría que conseguía avivar..., avivar..., hacer arder..., arder el fuego de la felicidad perfecta con la que Bertha no sabía qué hacer?

La señorita Fulton no la miró; pero es que ella rara vez miraba a la gente directamente. Sus pesados párpados descansaban sobre sus ojos y la extraña media sonrisa iba y venía de sus labios como si viviera más escuchando que viendo. Pero de repente Bertha supo, como si la más larga de las miradas se hubiera cruzado entre ellas —como si se hubieran dicho: «¿Tú también?»—, que Pearl Fulton, mientras removía la hermosa sopa roja en el plato gris, sentía exactamente lo que ella estaba sintiendo.

¿Y los demás? Rostro y Bobo, Eddie y Harry, subiendo y bajando sus cucharas, secándose los labios con la servilleta, haciendo migas con el pan, jugando con los tenedores, los vasos, y hablando.

—La conocí en la exposición de Alpha; una persona rarísima. No sólo se había cortado el pelo, sino que además parecía que había dado un tremendo tijeretazo a sus piernas, brazos y cuello, y a su pobre naricilla también.

—¿No está muy *liée* con Michael Oat?

—¿El hombre que escribió *Amor con dentadura postiza*?

—Quiere escribir una obra para mí. Un solo acto. Un solo personaje. Decide suicidarse. Da todas las razones por las que debe y por las que no debe hacerlo. Y en el momento en que toma la decisión de hacerlo, o de no hacerlo: telón. No es mala idea.

—¿Cómo va a titularlo, «Dolor de estómago»?

—*Creo* que he visto la *misma* idea en una pequeña revista francesa, completamente desconocida en Inglaterra.

No, ellos no lo compartían. Eran un encanto —un encanto— y ella adoraba tenerlos allí, en su mesa, dándoles deliciosa comida y delicioso vino. De hecho, tenía ganas de decirles lo encantadores que eran, y qué grupo tan decorativo formaban, cómo cada uno parecía hacer resaltar a los demás y ¡cuánto le recordaban una obra de Chejov!

Harry estaba disfrutando de su cena. Era parte de su... —bueno, no de su carácter, exactamente, y desde luego no de su postura— su... algo... hablar de comida y vanagloriarse de su «desvergonzada pasión por la carne blanca de la langosta» y «el verde de los helados de pistacho; verde y frío como los párpados de los bailarines egipcios».

Cuando él alzó la vista y la miró y dijo: «Bertha, ¡este *soufflé* es admirable!», Bertha hubiera podido llorar de placer, de un placer casi infantil.

Oh, ¿por qué sentía tanta ternura hacia todo el mundo esta noche? Todo era bueno, todo estaba bien. Todo lo que pasaba parecía volver a llenar otra vez su rebosante taza de felicidad.

Y sin embargo, en el fondo de su mente estaba el peral. Ahora estaría plateado, a la luz de la luna del pobre Eddie, plateado como la señorita Fulton, que estaba ahí sentada dándole vueltas a una mandarina con sus dedos delgados, tan pálidos que una luz parecía emanar de ellos.

Lo que sencillamente no podía entender —lo que era milagroso— era cómo había adivinado el estado de ánimo de la señorita Fulton tan exactamente, tan instantáneamente. Porque no dudaba ni por un momento de que estaba en lo cierto, y sin embargo, ¿qué tenía como indicador? Menos que nada.

«Creo que esto pasa muy, muy raramente entre mujeres. Nunca entre hombres —pensó Bertha—. Pero mientras estoy haciendo el café en el salón quizá me "dé una señal".»

No sabía lo que había querido decir con eso, ni podía imaginarse lo que podía ocurrir después.

Mientras estaba pensando así, se vio a sí misma hablando y riendo. Tenía que hablar para calmar su deseo de reír.

«Si no me río, me muero.»

Pero cuando se dio cuenta de la divertida costumbre de Rostro de meter algo en su escote —como si también allí tuviera guardado un montoncito secreto de nueces—, Bertha tuvo que clavarse las uñas en las palmas de la mano, para no reír demasiado.

Por fin habían terminado.

—Venid a ver mi nueva cafetera —dijo Bertha.

—Sólo tenemos cafetera nueva una vez cada quince días —dijo Harry. Esta vez fue Rostro quien la tomó por el brazo; la señorita Fulton inclinó la cabeza y las siguió.

En el salón el fuego se había apagado. Quedaba algo, rojo y vacilante, «un nido de diminutas aves fénix», según dijo Rostro.

—Espera un momento, no subas la luz. Es tan bonito... —Y de nuevo se acurrucó cerca del fuego. Siempre tenía frío... «sin su chaquetita de franela roja, por supuesto», pensó Bertha.

En ese momento la señorita Fulton le dio «la señal».

—¿Tienes jardín? —preguntó la fría y soñolienta voz.

Fue algo tan exquisito por su parte que todo lo que pudo hacer Bertha fue obedecer. Cruzó la habitación, corrió las cortinas y abrió los amplios ventanales.

—¡Ahí está! —dijo con un suspiro.

Y las dos mujeres permanecieron de pie, una junto a la otra, admirando el esbelto árbol en flor. A pesar de estar tan quieto, parecía la llama puntiaguda de una vela que se estiraba hacia arriba, titilaba en el aire limpio, crecía mientras miraban... hasta casi tocar el borde de la redonda luna plateada.

¿Cuánto tiempo estuvieron así, las dos, como atrapadas en aquel círculo de luz sobrenatural, comprendiéndose perfectamente, criaturas de otro mundo, y preguntándose qué debían hacer en éste con ese maravilloso tesoro que se consumía en sus pechos y que se dejaba caer, en forma de flores plateadas, de su cabello y de sus manos?

¿Para siempre, durante un instante? Y ¿había susurrado la señorita Fulton: «Sí. Precisamente eso»? ¿O acaso lo había soñado Bertha?

Entonces alguien dio la luz y Rostro hizo el café y Harry dijo: «Mi querida señora Knight, no me pregunte por mi bebé. No la veo nunca. No tendré el más mínimo interés en ella hasta que tenga un amante», y Bobo sacó el ojo del invernadero durante un instante y después volvió a colocarlo bajo el cristal, y Eddie Warren bebió el café y depositó la taza con expresión de angustia como si al terminar de beber hubiese visto la araña.

—Lo que quiero hacer es dar una oportunidad a los jóvenes. Creo que Londres está repleto de buenísimas obras que todavía no se han escrito. Lo que quiero decirles es: «Aquí está el teatro. Disparad.»

—Sabes, querida, voy a decorar una habitación para los Jacob Nathan. Ay, estoy tan tentada de hacerlo con el tema de pescado frito, con los respaldos de las sillas en forma de sartenes y unas hermosas patatas fritas bordadas en las cortinas.

—El problema con nuestros jóvenes escritores es

que todavía son demasiado románticos. No puedes hacerte a la mar sin marearte y necesitar una palangana. Dime, ¿por qué no tienen el valor de esas palanganas?

—Un poema *horrible* sobre una *joven* que es *violada* por un mendigo *sin* nariz en un pequeño bosque...

La señorita Fulton se hundió en la butaca más baja y profunda y Harry pasó los cigarrillos.

Por la forma en que permanecía delante de ella agitando la caja de plata y diciendo bruscamente: «¿Egipcios? ¿Turcos? ¿De Virginia? Están todos mezclados», Bertha se percató de que no sólo le aburría; realmente le desagradaba. Y por la forma en que la señorita Fulton dijo «No, gracias, no fumaré», concluyó que también ella se daba cuenta y estaba dolida.

«Oh, Harry, procura que no te desagrade. La juzgas equivocadamente. Es maravillosa, maravillosa. Y además, ¿cómo puedes tener sentimientos tan distintos de los míos sobre una persona que significa tanto para mí? Esta noche cuando estemos en la cama intentaré explicarte lo que ha estado pasando. Lo que ella y yo hemos compartido.»

Con esas últimas palabras algo extraño y casi terrorífico cruzó la mente de Bertha. Y ese algo ciego y sonriente le susurró al oído: «Pronto esta gente se marchará. La casa quedará en silencio..., en silencio. Las luces estarán apagadas. Y él y tú estaréis solos y juntos en la habitación oscura..., en el lecho caliente...»

Saltó de la butaca y corrió hacia el piano.

—¡Qué pena que nadie toque! —exclamó—. ¡Qué pena que no haya nadie que toque!

Por primera vez en su vida Bertha Young deseaba a su marido.

Oh, le había querido..., había estado enamorada de él, naturalmente, en todos los demás sentidos, pero no en ése. Y de igual modo, naturalmente, había comprendido que él era distinto. A menudo lo habían discutido. Al principio le había preocupado enormemente descubrir que era tan fría, pero después de algún tiempo le había parecido que no tenía importancia. Eran tan francos el uno con el otro, tan buenos compañeros. Eso era lo mejor de ser modernos.

Pero ahora..., ¡ardientemente!, ¡ardientemente! ¡La palabra le dolía en su cuerpo ardiente! ¿Era aquí donde la había estado conduciendo aquel sentimiento de felicidad perfecta? Pero entonces, entonces...

—Querida mía —dijo la señora de Norman Knight—. Ya conoces nuestro defecto. Somos víctimas de horarios y de trenes. Vivimos en Hampstead. Ha sido tan agradable.

—Te acompañaré al vestíbulo —dijo Bertha—. Estoy encantada de haberos visto. Pero no debéis perder el último tren. Eso es terrible, ¿verdad?

—Knight, ¿tomarás un whisky antes de irte? —llamó Harry.

—No, gracias, muchacho.

En agradecimiento Bertha le dio un fuerte apretón al ofrecerle la mano.

—Buenas noches y adiós —exclamó desde el último escalón, sintiendo que aquel «yo» estaba despidiéndose para siempre de ellos.

Cuando regresó al salón los demás ya se levantaban.

—... Entonces puedes venir parte del camino en mi taxi.

—Te estaré *muy* agradecido por no *tener* que hacer el viaje *solo* otra vez después de mi *terrible* experiencia.

—Encontrarás un taxi en la parada, al final de nuestra calle. No tendrás que andar más que unos cuantos metros.

—Eso me reconforta. Voy a buscar mi abrigo.

La señorita Fulton se dirigió al vestíbulo y Bertha la seguía cuando Harry casi la empujó al pasar.

—Deja que te ayude.

Bertha se dio cuenta de que estaba arrepentido de su brusquedad; le dejó hacer. En algunas cosas era un chiquillo, tan impulsivo, tan ingenuo.

Ella y Eddie se quedaron junto al fuego.

—Me *pregunto* si has visto un *nuevo* poema de Bilks titulado «Table d'Hôte» —dijo Eddie con voz suave—. Es tan maravilloso. Está en su última antología. ¿Tienes una copia? Me gustaría *tanto* enseñártelo. Empieza con una línea *increíblemente* bella: «¿Por qué siempre tiene que ser sopa de tomate?»

—Sí —dijo Bertha. Y silenciosamente se dirigió hasta una mesa frente a la puerta del salón y Eddie también se deslizó silenciosamente tras ella. Tomó el pequeño libro y se lo entregó; no habían hecho ningún ruido.

Mientras él buscaba el poema ella volvió la cabeza hacia el vestíbulo. Y vio... a Harry sosteniendo el abrigo de la señorita Fulton y a la señorita Fulton dándole la espalda con la cabeza inclinada. Harry arrojó el abrigo a un lado, puso las manos sobre los hombros de la señorita Fulton y violentamente la hizo girar hacia él. Sus labios decían: «Te adoro», y la señorita Fulton puso sus dedos de luz de luna sobre las mejillas de Harry y sonrió con su sonrisa soñolienta. Las aletas de la nariz de Harry temblaron; sus labios se estiraron formando una mueca horrible mientras susurraba: «Mañana», y con los párpados la señorita Fulton dijo: «Sí.»

—Aquí está —dijo Eddie—. «¿Por qué siempre tiene que ser sopa de tomate?» Es tan *profundamente* real, ¿no encuentras? La sopa de tomate es tan *espantosamente* eterna.

—Si prefieres —dijo la voz de Harry muy fuerte desde el vestíbulo— puedo pedir un taxi por teléfono y vendrá hasta la puerta.

—Oh, no. No es necesario —dijo la señorita Fulton, y se acercó a Bertha y le ofreció sus finos dedos.

—Adiós. Muchísimas gracias.

—Adiós —dijo Bertha.

La señorita Fulton sostuvo su mano un momento más.

—¡Tu bello peral! —murmuró.

Un instante después se había ido, con Eddie siguiéndola, como el gato negro siguiendo al gato gris.

—Yo cerraré la casa —dijo Harry, desmedidamente frío y sosegado.

—Tu bello peral... peral... ¡peral!

Bertha corrió hasta el gran ventanal.

—Oh, ¿qué va a pasar ahora? —exclamó.

Pero el peral estaba tan bello como siempre, tan lleno de flores y tan quieto.

Bandol, 1918

La cara de la desgracia

Para Dorotea Muhr - Ignorado perro de la dicha.

1

Al atardecer estuve en mangas de camisa, a pesar de la molestia del viento, apoyado en la baranda del hotel, solo. La luz hacía llegar la sombra de mi cabeza hasta el borde del camino de arena entre los arbustos que une la carretera y la playa con el caserío.

La muchacha apareció pedaleando en el camino para perderse en seguida detrás del chalet suizo, vacío, que mantenía el cartel de letras negras, encima del cajón para la correspondencia. Me era imposible no mirar el cartel por lo menos una vez al día; a pesar de su cara castigada por las lluvias, las siestas y el viento del mar, mostraba un brillo perdurable y se hacía ver: *Mi descanso.*

Un momento después volvió a surgir la muchacha sobre la franja arenosa rodeada por la maleza. Tenía el cuerpo vertical sobre la montura, movía con fácil lentitud las piernas, con tranquila arrogancia las pier-

143

nas abrigadas con medias grises, gruesas y peludas, erizadas por las pinochas. Las rodillas eran asombrosamente redondas, terminadas, en relación a la edad que mostraba el cuerpo.

Frenó la bicicleta justamente al lado de la sombra de mi cabeza y su pie derecho, apartándose de la máquina, se apoyó para guardar equilibrio pisando en el corto pasto muerto, ya castaño, ahora en la sombra de mi cuerpo. En seguida se apartó el pelo de la frente y me miró. Tenía una tricota oscura, y una pollera rosada. Me miró con calma y atención como si la mano tostada que separaba el pelo de las cejas bastara para esconder su examen.

Calculé que nos separaban veinte metros y menos de treinta años. Descansando en los antebrazos mantuve su mirada, cambié la ubicación de la pipa entre los dientes, continué mirando hacia ella y su pesada bicicleta, los colores de su cuerpo delgado contra el fondo del paisaje de árboles y ovejas que se aplacaba en la tarde.

Repentinamente triste y enloquecido, miré la sonrisa que la muchacha ofrecía al cansancio, el pelo duro y revuelto, la delgada nariz curva que se movía con la respiración, el ángulo infantil en que habían sido impostados los ojos en la cara —y que ya nada tenía que ver con la edad, que había sido dispuesto de una vez por todas y hasta la muerte—, el excesivo espacio que concedían a la esclerótica. Miré aquella luz del sudor y la fatiga que iba recogiendo el resplandor último o primero del anochecer para cubrirse y destacar como una máscara fosforescente en la oscuridad próxima.

La muchacha dejó con suavidad la bicicleta sobre

los arbustos y volvió a mirarme mientras sus manos tocaban el talle con los pulgares hundidos bajo el cinturón de la falda. No sé si tenía cinturón; aquel verano todas las muchachas usaban cinturones anchos. Después miró alrededor. Estaba ahora de perfil, con las manos juntas en la espalda, siempre sin senos, respirando aún con curiosa fatiga, la cara vuelta hacia el sitio de la tarde donde iba a caer el sol.

Bruscamente se sentó en el pasto, se quitó las sandalias y las sacudió; uno a uno tuvo los pies desnudos en las manos, refregando los cortos dedos y moviéndolos en el aire. Por encima de sus hombros estrechos la miré agitar los pies sucios y enrojecidos. La vi estirar las piernas, sacar un peine y un espejo del gran bolsillo con monograma colocado sobre el vientre de la pollera. Se peinó descuidada, casi sin mirarme.

Volvió a calzarse y se levantó, estuvo un rato golpeando el pedal con rápidas patadas. Reiterando un movimiento duro y apresurado, giró hacia mí, todavía solo en la baranda, siempre inmóvil, mirándola. Comenzaba a subir el olor de las madreselvas y la luz del bar del hotel estiró manchas pálidas en el pasto, en los espacios de arena y el camino circular para automóviles que rodeaba la terraza.

Era como si nos hubiéramos visto antes, como si nos conociéramos, como si nos hubiéramos guardado recuerdos agradables. Me miró con expresión desafiante mientras su cara se iba perdiendo en la luz escasa; me miró con un desafío de todo su cuerpo desdeñoso, del brillo del níquel de la bicicleta, del paisaje con chalet de techo suizo y ligustros y eucaliptos jóvenes de troncos lechosos. Fue así por un segundo; todo lo que la rodeaba era segregado por ella y su actitud absurda. Volvió a montar y pedaleó detrás de las hortensias, detrás de los bancos vacíos pintados de azul, más rápida entre las filas de coches frente al hotel.

2

Vacié la pipa y estuve mirando la muerte del sol entre los árboles. Sabía ya, y tal vez demasiado, qué era ella. Pero no quería nombrarla. Pensaba en lo que me estaba esperando en la pieza del hotel hasta la hora de la comida. Traté de medir mi pasado y mi culpa con la vara que acababa de descubrir: la muchacha delgada y de perfil hacia el horizonte, su edad corta e imposible, los pies sonrosados que una mano había golpeado y oprimido.

Junto a la puerta del dormitorio encontré un sobre de la gerencia con la cuenta de la quincena. Al recogerlo me sorprendí a mí mismo agachado, oliendo el perfume de las madreselvas que ya tanteaba en el cuarto, sintiéndome expectante y triste, sin causa nueva que pudiera señalar con el dedo. Me ayudé con un fósforo para releer el *Avis aux passagers* enmarcado en la puerta y encendí de nuevo la pipa. Estuve muchos minutos lavándome las manos, jugando con el jabón, y me miré en el espejo del lavatorio, casi a oscuras, hasta que pude distinguir la cara delgada y blanca —tal vez la única blanca entre los pasajeros del hotel—, mal afeitada. Era mi cara y los cambios de los últimos meses no tenían verdadera importancia. Alguno pasó por el jardín cantando a media voz. La

146

costumbre de jugar con el jabón, descubrí, había nacido con la muerte de Julián, tal vez en la misma noche del velorio.

Volví al dormitorio y abrí la valija después de sacarla con el pie de abajo de la cama. Era un rito imbécil, era un rito; pero acaso resultara mejor para todos que yo me atuviera fielmente a esta forma de locura hasta gastarla o ser gastado. Busqué sin mirar, aparté ropas y dos pequeños libros, obtuve por fin el diario doblado. Conocía la crónica de memoria; era la más justa, la más errónea y respetuosa entre todas las publicadas. Acerqué el sillón a la luz y estuve mirando sin leer el título negro a toda página, que empezaba a desteñir: *Se suicida cajero prófugo.* Debajo de la foto, las manchas grises que formaban la cara de un hombre mirando al mundo con expresión de asombro, la boca casi empezando a sonreír bajo el bigote de puntas caídas. Recordé la esterilidad de haber pensado en la muchacha, minutos antes, como en la posible inicial de alguna frase cualquiera que resonara en un ámbito distinto. Éste, el mío, era un mundo particular, estrecho, insustituible. No cabían allí otra amistad, presencia o diálogo que los que pudieran segregarse de aquel fantasma de bigotes lánguidos. A veces me permitía, él, elegir entre Julián o El Cajero Prófugo.

Cualquiera acepta que puede influir, o haberlo hecho, en el hermano menor. Pero Julián me llevaba —hace un mes y unos días— algo más de cinco años. Sin embargo, debo escribir sin embargo. Pude haber nacido, y continuar viviendo, para estropear su condición de hijo único; pude haberlo obligado, por medio de mis fantasías, mi displicencia y mi tan escasa responsabilidad, a convertirse en el hombre que llegó a ser: primero en el pobre diablo orgulloso de un ascenso, después en el ladrón. También, claro, en el otro, en el difunto relativamente joven que todos miramos pero que sólo yo podía reconocer como hermano.

¿Qué me queda de él? Una fila de novelas policiales, algún recuerdo de infancia, ropas que no puedo usar porque me ajustan y son cortas. Y la foto en el diario bajo el largo título. Despreciaba su aceptación de la vida; sabía que era un solterón por falta de ímpetu; pasé tantas veces, y casi siempre vagando, frente a la peluquería donde lo afeitaban diariamente. Me irritaba su humildad y me costaba creer en ella. Estaba enterado de que recibía a una mujer, puntualmente, todos los viernes. Era muy afable, incapaz de molestar, y desde los treinta años le salía del chaleco olor a viejo. Olor que no puede definirse, que se ignora de qué proviene. Cuando dudaba, su boca formaba la misma mueca que la de nuestra madre. Libre de él, jamás hubiera llegado a ser mi amigo, jamás lo habría elegido o aceptado para eso. Las palabras son hermosas o intentan serlo cuando tienden a explicar algo. Todas estas palabras son, por nacimiento, disformes e inútiles. Era mi hermano.

Arturo silbó en el jardín, trepó la baranda y estuvo en seguida dentro del cuarto, vestido con una salida, sacudiendo arena de la cabeza mientras cruzaba hasta el baño. Lo vi enjuagarse en la ducha y escondí el diario entre la pierna y el respaldo del sillón. Pero lo oí gritar:

—Siempre el fantasma.

No contesté y volví a encender la pipa. Arturo

vino silbando desde la bañadera y cerró la puerta que daba sobre la noche. Tirado en una cama, se puso la ropa interior y continuó vistiéndose.

—Y la barriga sigue creciendo —dijo—. Apenas si almorcé, estuve nadando hasta el espigón. Y el resultado es que la barriga sigue creciendo. Habría apostado cualquier cosa a que, de entre todos los hombres que conozco, a vos no podría pasarte esto. Y te pasa, y te pasa en serio. Hace como un mes, ¿no?

—Sí. Veintiocho días.

—Y hasta los tenés contados —siguió Arturo—. Me conocés bien. Lo digo sin desprecio. Veintiocho días que ese infeliz se pegó un tiro y vos, nada menos que vos, jugando al remordimiento. Como una solterona histérica. Porque las hay distintas. Es de no creer.

Se sentó en el borde de la cama para secarse los pies y ponerse los calcetines.

—Sí —dije yo—. Si se pegó un tiro era, evidentemente, poco feliz. No tan feliz, por lo menos, como vos en este momento.

—Hay que embromarse —volvió Arturo—. Como si vos lo hubieras matado. Y no vuelvas a preguntarme... —se detuvo para mirarse en el espejo— no vuelvas a preguntarme si en algún lugar de diecisiete dimensiones vos resultás el culpable de que tu hermano se haya pegado un tiro.

Encendió un cigarrillo y se extendió en la cama. Me levanté, puse un almohadón sobre el diario tan rápidamente envejecido y empecé a pasearme por el calor del cuarto.

—Como te dije, me voy esta noche —dijo Arturo—. ¿Qué pensás hacer?

149

—No sé —repuse suavemente, desinteresado—. Por ahora me quedo. Hay verano para tiempo.

Oí suspirar a Arturo y escuché cómo se transformaba su suspiro en un silbido de impaciencia. Se levantó, tirando el cigarrillo al baño.

—Sucede que mi deber moral me obliga a darte unas patadas y llevarte conmigo. Sabés que allá es distinto. Cuando estés bien borracho, a la madrugada, bien distraído, todo se acabó.

Alcé los hombros, sólo el izquierdo, y reconocí un movimiento que Julián y yo habíamos heredado sin posibilidad de elección.

—Te hablo otra vez —dijo Arturo, poniéndose un pañuelo en el bolsillo del pecho—. Te hablo, te repito, con un poco de rabia y con el respeto a que me referí antes. ¿Vos le dijiste al infeliz de tu hermano que se pegara un tiro para escapar de la trampa? ¿Le dijiste que comprara pesos chilenos para cambiarlos por liras y las liras por francos y los francos por coronas bálticas y las coronas por dólares y los dólares por libras y las libras por enaguas de seda amarilla? No, no muevas la cabeza. Caín en el fondo de la cueva. Quiero un sí o un no. A pesar de que no necesito respuesta. ¿Le aconsejaste, y es lo único que importa, que robara? Nunca jamás. No sos capaz de eso. Te lo dije muchas veces. Y no vas a descubrir si es un elogio o un reproche. No le dijiste que robara. ¿Y entonces?

Volví a sentarme en el sillón.

—Ya hablamos de todo eso y todas las veces. ¿Te vas esta noche?

—Claro, en el ómnibus de las nueve y nadie sabe cuánto. Me quedan cinco días de licencia y no pienso seguir juntando salud para regalársela a la oficina.

Arturo eligió una corbata y se puso a anudarla.

—Es que no tiene sentido —dijo otra vez frente al espejo—. Yo, admito que alguna vez me encerré con un fantasma. La experiencia siempre acabó mal. Pero con tu hermano, como estás haciendo ahora... Un fantasma con bigotes de alambre. Nunca. El fantasma no sale de la nada, claro. En esta ocasión salió de la desgracia. Era tu hermano, ya sabemos. Pero ahora es el fantasma de cooperativa con bigotes de general ruso...

—¿El último momento en serio? —pregunté en voz baja; no lo hice pidiendo nada: sólo quería cumplir y hasta hoy no sé con quién o con qué.

—El último momento —dijo Arturo.

—Veo bien la causa. No le dije, ni la sombra de una insinuación, que usara el dinero de la cooperativa para el negocio de cambios. Pero cuando le expliqué una noche, sólo para animarlo, o para que su vida fuera menos aburrida, para mostrarle que había cosas que podían ser hechas en el mundo para ganar dinero y gastarlo, aparte de cobrar el sueldo a fin de mes...

—Conozco —dijo Arturo, sentándose en la cama con un bostezo—. Nadé demasiado, ya no estoy para hazañas. Pero era el último día. Conozco toda la historia. Explicame ahora, y te aviso que se acaba el verano, qué remediás con quedarte encerrado aquí. Explicame qué culpa tenés si el otro hizo un disparate.

—Tengo una culpa —murmuré con los ojos entornados, la cabeza apoyada en el sillón; pronuncié las palabras tardas y aisladas—. Tengo la culpa de mi entusiasmo, tal vez de mi mentira. Tengo la culpa de haberle hablado a Julián, por primera vez, de una cosa que no podemos definir y se llama el mundo. Tengo la culpa de haberle hecho sentir (no digo creer) que, si aceptaba los riesgos, eso que llamé el mundo sería para él.

—¿Y qué? —dijo Arturo, mirándose desde lejos el peinado en el espejo—. Hermano. Todo eso es una idiotez complicada. Bueno, también la vida es una idiotez complicada. Algún día de éstos se te pasará el período; andá entonces a visitarme. Ahora vestite y vamos a tomar una copa antes de comer. Tengo que irme temprano. Pero antes que lo olvide, quiero dejarte un último argumento. Tal vez sirva para algo.

Me tocó un hombro y me buscó los ojos.

—Escuchame —dijo—. En medio de toda esta complicada, feliz idiotez, ¿Julián, tu hermano, usó correctamente el dinero robado, lo empleó aceptando la exactitud de los disparates que le estuviste diciendo?

—¿Él? —me levanté con asombro—. Por favor. Cuando vino a verme ya no había nada que hacer. Al principio, estoy casi seguro, compró bien. Pero se asustó en seguida e hizo cosas increíbles. Conozco muy poco de los detalles. Fue algo así como una combinación de títulos con divisas, de rojo y negro con caballos de carrera.

—¿Ves? —dijo Arturo asintiendo con la cabeza—. Certificado de irresponsabilidad. Te doy cinco minutos para vestirte y meditar. Te espero en el mostrador.

3

Tomamos unas copas mientras Arturo se empeñaba en encontrar en la billetera la fotografía de una mujer.

—No está —dijo por fin—. La perdí. La foto, no la mujer. Quería mostrártela porque tiene algo inconfundible que pocos le descubren. Y antes de quedarte loco vos entendías de esas cosas.

Y estaban, pensaba yo, los recuerdos de infancia que irían naciendo y aumentando en claridad durante los días futuros, semanas o meses. Estaba también la tramposa, tal vez deliberada, deformación de los recuerdos. Estaría, en el mejor de los casos, la elección no hecha por mí. Tendría que vernos, fugazmente o en pesadillas, vestidos con trajes ridículos, jugando en un jardín húmedo o pegándonos en un dormitorio. Él era mayor pero débil. Había sido tolerante y bueno, aceptaba cargar con mis culpas, mentía dulcemente sobre las marcas en la cara que le dejaban mis golpes, sobre una taza rota, sobre una llegada tarde. Era extraño que todo aquello no hubiera empezado aún, durante el mes de vacaciones de otoño en la playa; acaso, sin proponérmelo, yo estuviera deteniendo el torrente con las crónicas periodísticas y la evocación de las dos últimas noches. En una Julián estaba vivo, en la siguiente muerto. La segunda noche no tenía importancia y todas sus interpretaciones habían sido despistadas.

Era su velorio, empezaba a colgarle la mandíbula, la venda de la cabeza envejeció y se puso amarilla mucho antes del amanecer. Yo estaba muy ocupado ofreciendo bebidas y comparando la semejanza de las lamentaciones. Con cinco años más que yo, Julián había pasado tiempo atrás de los cuarenta. No había pedido nunca nada importante a la vida; tal vez, sí, que lo dejaran en paz. Iba y venía, como desde niño, pidiendo permiso. Esta permanencia en la tierra, no asombrosa pero sí larga, prolongada por mí, no le había servido, siquiera, para darse a conocer. Todos los susurrantes y lánguidos bebedores de café o whisky coincidían en juzgar y compadecer el suicidio como un error. Porque con un buen abogado, con el precio de un par de años en la cárcel... Y, además, para todos resultaba desproporcionado y grotesco el final, que empezaban a olisquear, en relación al delito. Yo daba las gracias y movía la cabeza; después me paseaba entre el vestíbulo y la cocina, cargando bebidas o copas vacías. Trataba de imaginar, sin dato alguno, la opinión de la mujerzuela barata que visitaba a Julián todos los viernes o todos los lunes, días en que escasean los clientes. Me preguntaba sobre la verdad invisible, nunca exhibida, de sus relaciones. Me preguntaba cuál sería el juicio de ella, atribuyéndole una inteligencia imposible. Qué podría pensar ella, que sobrellevaba la circunstancia de ser prostituta todos los días, de Julián, que aceptó ser ladrón durante pocas semanas pero no pudo, como ella, soportar que los imbéciles que ocupan y forman el mundo conocieran su falla. Pero no vino en toda la noche o por lo menos no distinguí una cara, una insolencia, un perfume, una humildad que pudieran serle atribuidos.

Sin moverse del taburete del mostrador, Arturo había conseguido el pasaje y el asiento para el ómnibus. Nueve y cuarenta y cinco.

—Hay tiempo de sobra. No puedo encontrar la foto. Hoy es inútil seguirte hablando. Otra vuelta, mozo.

Ya dije que la noche del velorio no tenía importancia. La anterior es mucho más corta y difícil. Julián pudo haberme esperado en el corredor del departamento. Pero ya pensaba en la policía y eligió dar vueltas bajo la lluvia hasta que pudo ver luz en mi ventana. Estaba empapado —era un hombre nacido para usar paraguas y lo había olvidado— y estornudó varias veces, con disculpa, con burla, antes de sentarse cerca de la estufa eléctrica, antes de usar mi casa. Todo Montevideo conocía la historia de la Cooperativa y por lo menos la mitad de los lectores de diarios deseaba, distraídamente, que no se supiera más del cajero.

Pero Julián no había aguantado una hora y media bajo la lluvia para verme, despedirse con palabras y anunciarme el suicidio. Tomamos unas copas. Él aceptó el alcohol sin alardes, sin oponerse:

—Total ahora... —murmuró casi riendo, alzando un hombro.

Sin embargo, había venido para decirme adiós a su manera. Era inevitable el recuerdo, pensar en nuestros padres, en la casa quinta de la infancia, ahora demolida. Se enjugó los largos bigotes y dijo con preocupación:

—Es curioso. Siempre pensé que tú sabías y yo no. Desde chico. Y no creo que se trate de un problema de carácter o de inteligencia. Es otra cosa. Hay gente que se acomoda instintivamente en el mundo. Tú sí y yo no. Siempre me faltó la fe necesaria. —Se acariciaba las mandíbulas sin afeitar—. Tampoco se trata de que yo haya tenido que ajustar conmigo deformaciones o vicios. No había *handicap*; por lo menos nunca lo conocí.

Se detuvo y vació el vaso. Mientras alzaba la cabeza, esa que hoy miro diariamente desde hace un mes en la primera página de un periódico, me mostró los dientes sanos y sucios de tabaco.

—Pero —siguió mientras se ponía de pie— tu combinación era muy buena. Debiste regalársela a otro. El fracaso no es tuyo.

—A veces resultan y otras no —dije—. No vas a salir con esta lluvia. Podés quedarte aquí para siempre, todo el tiempo que quieras.

Se apoyó en el respaldo de un sillón y estuvo burlándose sin mirarme.

—Con esta lluvia. Para siempre. Todo el tiempo. —Se me acercó y me tocó un brazo—. Perdón. Habrá molestias. Siempre hay molestias.

Ya se había ido. Me estuvo diciendo adiós con su presencia siempre acurrucada, con los cuidados bigotes bondadosos, con la alusión a todo lo muerto y disuelto que la sangre, no obstante, era y es capaz de hacer durante un par de minutos.

Arturo estaba hablando de estafas en las carreras de caballos. Miró el reloj y pidió al *barman* la última copa.

—Pero con más gin, por favor —dijo.

Entonces, sin escuchar, me sorprendí vinculando a mi hermano muerto con la muchacha de la bicicleta. De él no quise recordar la infancia ni la pasiva bondad; sino, absolutamente, nada más que la empobrecida sonrisa, la humilde actitud del cuerpo durante nuestra última entrevista. Si podía darse ese nombre a lo que yo permití que ocurriera entre nosotros cuando vino empapado a mi departamento para decirme adiós de acuerdo a su ceremonial propio.

Nada sabía yo de la muchacha de la bicicleta. Pero entonces, repentinamente, mientras Arturo hablaba de Ever Perdomo o de la mala explotación del turismo, sentí que me llegaba hasta la garganta una ola de la vieja, injusta, casi siempre equivocada piedad. Lo indudable era que yo la quería y deseaba protegerla. No podía adivinar de qué o contra qué. Buscaba, rabioso, cuidarla de ella misma y de cualquier peligro. La había visto insegura y en reto, la había mirado alzar la ensoberbecida cara de desgracia. Esto puede durar pero siempre se paga de prematuro, desproporcionado. Mi hermano había pagado con exceso de sencillez. En el caso de la muchacha —que tal vez no volviera nunca a ver— las deudas eran distintas. Pero ambos, por tan diversos caminos, coincidían en una deseada aproximación a la muerte, a la definitiva experiencia. Julián, no siendo; ella, la muchacha de la bicicleta, buscando serlo todo y con prisas.

—Pero —dijo Arturo—, aunque te demuestren que todas las carreras están arregladas, vos seguís jugando igual. Mirá: ahora que me voy parece que va a llover.

—Seguro —contesté, y pasamos al comedor. La vi en seguida.

Estaba cerca de una ventana, respirando el aire tormentoso de la noche, con un montón de pelo oscuro y recio movido por el viento sobre la frente y los ojos; con zonas de pecas débiles —ahora, bajo el tubo de luz insoportable del comedor— en las mejillas y la nariz, mientras los ojos infantiles y acuosos miraban distraídos la sombra del cielo o las bocas de sus compañeros de mesa; con los flacos y fuertes brazos desnudos frente a lo que podía aceptarse como un traje de noche amarillo, cada hombro protegido por una mano.

Un hombre viejo estaba sentado junto a ella y conversaba con la mujer que tenía enfrente, joven, de espalda blanca y carnosa vuelta hacia nosotros, con una rosa silvestre en el peinado, sobre la oreja. Y al moverse, el pequeño círculo blanco de la flor entraba y salía del perfil distraído de la muchacha. Cuando la mujer reía, echando la cabeza hacia atrás, brillante la piel de la espalda, la cara de la muchacha quedaba abandonada contra la noche.

Hablando con Arturo, miraba la mesa, traté de adivinar de dónde provenía su secreto, su sensación de cosa extraordinaria. Deseaba quedarme para siempre en paz junto a la muchacha y cuidar de su vida. La vi fumar con el café, los ojos clavados en la boca lenta del hombre viejo. De pronto me miró como antes en el sendero, con los mismos ojos calmos y desafiantes, acostumbrados a contemplar o suponer el desdén. Con una desesperación inexplicable estuve soportando los ojos de la muchacha, revolviendo los míos contra la cabeza juvenil, larga y noble; escapando del inaprensible secreto para escarbar en la tormenta nocturna, para conquistar la intensidad del cielo y derramarla, imponerla en aquel rostro de niña que me observaba inmóvil e inexpresivo. El rostro que dejaba fluir, sin propósito, sin saberlo, contra mi cara seria y gastada de hombre, la dulzura y la humildad adolescente de las mejillas violáceas y pecosas.

Arturo sonreía fumando un cigarrillo.

—¿Tú también, Bruto? —preguntó.

—¿Yo también qué?

—La niña de la bicicleta, la niña de la ventana. Si no tuviera que irme ahora mismo...

—No entiendo.

—Ésa, la del vestido amarillo. ¿No la habías visto antes?

—Una vez. Esta tarde, desde la baranda. Antes que volvieras de la playa.

—El amor a primera vista —asintió Arturo—. Y la juventud intacta, la experiencia cubierta de cicatrices. Es una linda historia. Pero, lo confieso, hay uno que la cuenta mejor. Esperá.

El mozo se acercó para recoger los platos y la frutera.

—¿Café? —preguntó. Era pequeño, con una oscura cara de mono.

—Bueno —sonrió Arturo—; eso que llaman café. También le dicen señorita a la muchacha de amarillo junto a la ventana. Mi amigo está muy curioso; quiere saber algo sobre las excursiones nocturnas de la nena.

Me desabroché el saco y busqué los ojos de la muchacha. Pero ya su cabeza se había vuelto a un lado y la manga negra del hombre anciano cortaba en diagonal el vestido amarillo. En seguida el peinado con flor de la mujer se inclinó, cubriendo la cara pecosa. Sólo quedó de la muchacha algo del pelo retinto, metálico en la cresta que recibía la luz. Yo recordaba la magia de los labios y la mirada; magia es una palabra que no puedo explicar, pero que escribo ahora sin remedio, sin posibilidad de sustituirla.

—Nada malo —proseguía Arturo con el mozo—.

El señor, mi amigo, se interesa por el ciclismo. Decime. ¿Qué sucede de noche cuando papi y mami, si son, duermen?

El mozo se balanceaba sonriendo, la frutera vacía a la altura de un hombro.

—Y nada —dijo por fin—. Es sabido. A medianoche la señorita sale en bicicleta; a veces va al bosque, otras a las dunas. —Había logrado ponerse serio y repetía sin malicia—: Qué le voy a decir. No sé nada más, aunque se diga. Nunca estuve mirando. Que vuelve despeinada y sin pintura. Que una noche me tocaba guardia y la encontré y me puso diez pesos en la mano. Los muchachos ingleses que están en el Atlantic hablan mucho. Pero yo no digo nada porque no vi.

Arturo se rió, golpeando una pierna del mozo.

—Ahí tenés —dijo, como si se tratara de una victoria.

—Perdone —pregunté al mozo—. ¿Qué edad puede tener?

—¿La señorita?

—A veces, esta tarde, me hacía pensar en una criatura; ahora parece mayor.

—De eso sé con seguridad, señor —dijo el mozo—. Por los libros tiene quince, los cumplió hace unos días. Entonces, ¿dos cafés? —Se inclinó antes de marcharse.

Yo trataba de sonreír bajo la mirada alegre de Arturo; la mano con la pipa me temblaba en la esquina del mantel.

—En todo caso —dijo Arturo—, resulte o no resulte, es un plan de vida más interesante que vivir encerrado con un fantasma bigotudo.

Al dejar la mesa la muchacha volvió a mirarme,

desde su altura ahora, una mano todavía enredada en la servilleta, fugazmente, mientras el aire de la ventana le agitaba los pelos rígidos de la frente y yo dejaba de creer en lo que había contado el mozo y Arturo aceptaba.

En la galería, con la valija y el abrigo en el brazo, Arturo me golpeó el hombro.

—Una semana y nos vemos. Caigo por el Jauja y te encuentro en una mesa saboreando la flor de la sabiduría. Bueno, largos paseos en bicicleta.

Saltó al jardín y fue hacia el grupo de coches estacionados frente a la terraza. Cuando Arturo cruzó las luces encendí la pipa, me apoyé en la baranda y olí el aire. La tormenta parecía lejana. Volví al dormitorio y estuve tirado en la cama, escuchando la música que llegaba interrumpida desde el comedor del hotel, donde tal vez hubieran empezado ya a bailar. Encerré en la mano el calor de la pipa y fui resbalando en un lento sueño, en un mundo engrasado y sin aire, donde había sido condenado a avanzar, con enorme esfuerzo y sin deseos, boquiabierto, hacia la salida donde dormía la intensa luz indiferente de la mañana, inalcanzable.

Desperté sudando y fui a sentarme nuevamente en el sillón. Ni Julián ni los recuerdos infantiles habían aparecido en la pesadilla. Dejé el sueño olvidado en la cama, respiré el aire de tormenta que entraba por la ventana, con el olor a mujer, lerdo y caliente. Casi sin moverme arranqué el papel de abajo de mi cuerpo y miré el título, la desteñida foto de Julián. Dejé caer el diario, me puse un impermeable, apagué la luz del dormitorio y salté desde la baranda hasta la tierra blanda del jardín. El viento formaba eses gruesas y me rodeaba la cintura. Elegí cruzar el césped hasta pisar el pedazo de arena donde había estado la muchacha en la tarde. Las medias grises acribilladas por las pinochas, luego los pies desnudos en las manos, las escasas nalgas achatadas contra el suelo. El bosque estaba a mi izquierda, los médanos a la derecha; todo negro y el viento golpeándome ahora la cara. Escuché pasos y vi en seguida la luminosa sonrisa del mozo, la cara de mono junto a mi hombro.

—Mala suerte —dijo el mozo—. Lo dejó.

Quería golpearlo pero sosegué en seguida las manos que arañaban dentro de los bolsillos del impermeable y estuve jadeando hacia el ruido del mar, inmóvil, los ojos entornados, resuelto y con lástima por mí mismo.

—Debe hacer diez minutos que salió —continuó el mozo. Sin mirarlo, supe que había dejado de sonreír y torcía su cabeza hacia la izquierda—. Lo que puede hacer ahora es esperarla a la vuelta. Si le da un buen susto...

Desabroché lentamente el impermeable, sin volverme; saqué un billete del bolsillo del pantalón y se lo pasé al mozo. Esperé hasta no oír los pasos del mozo que iban hacia el hotel. Luego incliné la cabeza, los pies afirmados en la tierra elástica y el pasto donde había estado ella, envasado en aquel recuerdo, el cuerpo de la muchacha y sus movimientos en la remota tarde, protegido de mí mismo y de mi pasado por una ya imperecedera atmósfera de creencia y esperanza sin destino, respirando en el aire caliente donde todo estaba olvidado.

La vi de pronto, bajo la exagerada luna de otoño. Iba sola por la orilla, sorteando las rocas y los charcos brillantes y crecientes, empujando la bicicleta, ahora sin el cómico vestido amarillo, con pantalones ajustados y una chaqueta de marinero. Nunca la había visto con esas ropas y su cuerpo y sus pasos no habían tenido tiempo de hacérseme familiares. Pero la reconocí en seguida y crucé la playa casi en línea recta hacia ella.

—Noches —dije.

Un rato después se volvió para mirarme la cara; se detuvo e hizo girar la bicicleta hacia el agua. Me miró un tiempo con atención y ya tenía algo solitario y desamparado cuando volví a saludarla. Ahora me contestó. En la playa desierta la voz le chillaba como un pájaro. Era una voz desapacible y ajena, tan separada de ella, de la hermosa cara triste y flaca; era como si acabara de aprender un idioma, un tema de conversación en lengua extranjera. Alargué un brazo para sostener la bicicleta. Ahora yo estaba mirando la luna y ella protegida por la sombra.

—¿Para dónde iba? —dije y agregué—: Criatura.

—Para ningún lado —sonó trabajosa la voz extraña—. Siempre me gusta pasear de noche por la playa.

Pensé en el mozo, en los muchachos ingleses del Atlantic; pensé en todo lo que había perdido para siempre, sin culpa mía, sin ser consultado.

—Dicen... —dije.

El tiempo había cambiado: ni frío ni viento. Ayudando a la muchacha a sostener la bicicleta en la arena al borde del ruido del mar, tuve una sensación de soledad que nadie me había permitido antes; soledad, paz y confianza.

—Si usted no tiene otra cosa que hacer, dicen que hay, muy cerca, un barco convertido en bar y restaurante.

La voz dura repitió con alegría inexplicable:

—Dicen que hay muy cerca un barco convertido en bar y restaurante.

La oí respirar con fatiga; después agregó:

—No, no tengo nada que hacer. ¿Es una invitación? ¿Y así, con esta ropa?

—Es. Con esa ropa.

Cuando dejó de mirarme le vi la sonrisa; no se burlaba, parecía feliz y poco acostumbrada a la felicidad.

—Usted estaba en la mesa de al lado con su amigo. Su amigo se fue esta noche. Pero se me pinchó una goma en cuanto salí del hotel.

Me irritó que se acordara de Arturo; le quité el manubrio de las manos y nos pusimos a caminar junto a la orilla, hacia el barco.

Dos o tres veces dije una frase muerta; pero ella no contestaba. Volvían a crecer el calor y el aire de tormenta. Sentí que la chica entristecía a mi lado; espié sus pasos tenaces, la decidida verticalidad del cuerpo, las nalgas de muchacho que apretaba el pantalón ordinario.

El barco estaba allí, embicado y sin luces.

—No hay barco, no hay fiesta —dije—. Le pido perdón por haberla hecho caminar tanto y para nada.

Ella se había detenido para mirar el carguero ladeado bajo la luna. Estuvo un rato así, las manos en la espalda como sola, como si se hubiera olvidado de mí

164

y de la bicicleta. La luna bajaba hacia el horizonte de agua o ascendía de allí. De pronto la muchacha se dio vuelta y vino hacia mí; no dejé caer la bicicleta. Me tomó la cara entre las manos ásperas y la fue moviendo hasta colocarla en la luz.

—Qué —roncó—. Hablaste. Otra vez.

Casi no podía verla pero la recordaba. Recordaba muchas otras cosas a las que ella, sin esfuerzo, servía de símbolo. Había empezado a quererla y la tristeza comenzaba a salir de ella y derramarse sobre mí.

—Nada —dije—. No hay barco, no hay fiesta.

—No hay fiesta —dijo otra vez, ahora columbré la sonrisa en la sombra, blanca y corta como la espuma de las pequeñas olas que llegaban hasta pocos metros de la orilla. Me besó de golpe; sabía besar y le sentí la cara caliente, húmeda de lágrimas. Pero no solté la bicicleta.

—No hay fiesta —dijo otra vez, ahora con la cabeza inclinada, oliéndome el pecho. La voz era más confusa, casi gutural—. Tenía que verte la cara. —De nuevo me la alzó contra la luna—. Tenía que saber que no estaba equivocada. ¿Se entiende?

—Sí —mentí; y entonces ella me sacó la bicicleta de las manos, montó e hizo un gran círculo sobre la arena húmeda.

Cuando estuvo a mi lado se apoyó con una mano en mi nuca y volvimos hacia el hotel. Nos apartamos de las rocas y desviamos hacia el bosque. No lo hizo ella ni lo hice yo. Se detuvo junto a los primeros pinos y dejó caer la bicicleta.

—La cara. Otra vez. No quiero que te enojes —suplicó.

Dócilmente miré hacia la luna, hacia las primeras nubes que aparecían en el cielo.

—Algo —dijo con su extraña voz—. Quiero que digas algo. Cualquier cosa.

Me puso una mano en el pecho y se empinó para acercar los ojos de niña a mi boca.

—Te quiero. Y no sirve. Y es otra manera de la desgracia —dije después de un rato, hablando casi con la misma lentitud que ella.

Entonces la muchacha murmuró «pobrecito» como si fuera mi madre, con su rara voz, ahora tierna y vindicativa, y empezamos a enfurecer y besarnos. Nos ayudamos a desnudarla en lo imprescindible y tuve de pronto dos cosas que no había merecido nunca: su cara doblegada por el llanto y la felicidad bajo la luna, la certeza desconcertante de que no habían entrado antes en ella.

Nos sentamos cerca del hotel sobre la humedad de las rocas. La luna estaba cubierta. Ella se puso a tirar piedritas; a veces caían en el agua con un ruido exagerado; otras, apenas se apartaban de sus pies. No parecía notarlo.

Mi historia era grave y definitiva. Yo la contaba con una seria voz masculina, resuelto con furia a decir la verdad, despreocupado de que ella creyera o no.

Todos los hechos acababan de perder su sentido y sólo podrían tener, en adelante, el sentido que ella quisiera darles. Hablé, claro, de mi hermano muerto; pero ahora, desde aquella noche, la muchacha se había convertido —retrocediendo para clavarse como una larga aguja en los días pasados— en el tema principal de mi cuento. De vez en cuando la oía moverse y decirme que sí con su curiosa voz mal formada. También era forzoso aludir a los años que nos separaban, apenarse con exceso, fingir una desolada creencia en el poder de la palabra *imposible*, mostrar un discreto desánimo ante las luchas inevitables. No quise hacerle preguntas y las afirmaciones de ella, no colocadas siempre en la pausa exacta, tampoco pedían confesiones. Era indudable que la muchacha me había liberado de Julián, y de muchas otras ruinas y escorias que la muerte de Julián representaba y había traído a la superficie; era indudable que yo, desde una media hora atrás, la necesitaba y continuaría necesitándola.

La acompañé hasta cerca de la puerta del hotel y nos separamos sin decirnos nuestros nombres. Mientras se alejaba creí ver que las dos cubiertas de la bicicleta estaban llenas de aire. Acaso me hubiera mentido en aquello pero ya nada tenía importancia. Ni siquiera la vi entrar en el hotel y yo mismo pasé en la sombra, de largo, frente a la galería que comunicaba con mi habitación; seguí trabajosamente hacia los médanos, deseando no pensar en nada, por fin, y esperar la tormenta.

Caminé hacia las dunas y luego, ya lejos, volví en dirección al monte de eucaliptos. Anduve lentamente entre los árboles, entre el viento retorcido y su lamento, bajo los truenos que amenazaban elevarse del horizonte invisible, cerrando los ojos para defenderlos de los picotazos de la arena en la cara. Todo estaba oscuro y —como tuve que contarlo varias veces después— no divisé un farol de bicicleta, suponiendo que alguien los usara en la playa, ni siquiera el punto de brasa de un cigarrillo de alguien que caminara o descansase sentado en la arena, sobre las hojas secas, apoyado en un tronco, con las piernas recogidas, cansado, húmedo, contento. Ése había sido yo; y aunque no sabía rezar, anduve dando las gracias, negándome a la aceptación, incrédulo.

Estaba ahora al final de los árboles, a cien metros del mar y frente a las dunas. Sentía heridas las manos y me detuve para chuparlas. Caminé hacia el ruido del mar hasta pisar la arena húmeda de la orilla. No vi, repito, ninguna luz, ningún movimiento, en la sombra; no escuché ninguna voz que partiera o deformara el viento.

Abandoné la orilla y empecé a subir y bajar las dunas, resbalando en la arena fría que me entraba chisporroteante en los zapatos, apartando con las piernas los arbustos, corriendo casi, rabioso y con una alegría que me había perseguido durante años y ahora me daba alcance, excitado como si no pudiera detenerme nunca, riendo en el interior de la noche ventosa, subiendo y bajando a la carrera las diminutas montañas, cayendo de rodillas y aflojando el cuerpo hasta poder respirar sin dolor, la cara doblada hacia la tormenta que venía del agua. Después fue como si también me dieran caza todos los desánimos y las renuncias; busqué durante horas, sin entusiasmo, el camino de regreso al hotel. Entonces me encontré con el mozo y repetí el acto de no hablarle, de ponerle diez pesos en la mano. El hombre sonrió y yo estaba lo bastante cansado como para creer que había entendido, que todo el mundo entendía y para siempre.

Volví a dormir medio vestido en la cama como en la arena, escuchando la tormenta que se había resuelto por fin, golpeado por los truenos, hundiéndome sediento en el ruido colérico de la lluvia.

5

Había terminado de afeitarme cuando escuché en el vidrio de la puerta que daba a la baranda el golpe de los dedos. Era muy temprano; supe que las uñas de los dedos eran largas y estaban pintadas con ardor. Sin dejar la toalla, abrí la puerta; era fatal, allí estaba.

Tenía el pelo teñido de rubio y acaso a los veinte años hubiera sido rubia; llevaba un traje sastre de cheviot que los días y los planchados le habían apretado contra el cuerpo y un paraguas verde, con mango de marfil, tal vez nunca abierto. De las tres cosas, dos le había adivinado yo —o supuesto sin error— a lo largo de la vida y en el velorio de mi hermano.

—Betty —dijo al volverse, con la mejor sonrisa que podía mostrar.

Fingí no haberla visto nunca, no saber quién era. Se trataba, apenas, de una manera del piropo, de una forma retorcida de la delicadeza que ya no me interesaba.

«Ésta era —pensé—, ya no volverá a serlo, la mujer que yo distinguía borrosa detrás de los vidrios sucios de un café de arrabal, tocándole los dedos a Julián en los largos prólogos de los viernes o los lunes.»

—Perdón —dijo— por venir de tan lejos a molestarlo y a esta hora. Sobre todo en estos momentos en que usted, como el mejor de los hermanos de Julián... Hasta ahora mismo, le juro, no puedo aceptar que esté muerto.

La luz de la mañana la avejentaba y debió parecer otra cosa en el departamento de Julián, incluso en el café. Yo había sido, hasta el fin, el único hermano de Julián; ni mejor ni peor. Estaba vieja y parecía fácil aplacarla. Tampoco yo, a pesar de todo lo visto y oído, a pesar del recuerdo de la noche anterior en la playa, aceptaba del todo la muerte de Julián. Sólo cuando incliné la cabeza y la invité con un brazo a entrar en mi habitación descubrí que usaba sombrero y lo adornaba con violetas frescas, rodeadas de hojas de hiedra.

—Llámeme Betty —dijo, y eligió para sentarse el sillón que escondía el diario, la foto, el título, la crónica indecisamente crapulosa—. Pero era cuestión de vida o muerte.

No quedaban rastros de la tormenta y la noche podía no haber sucedido. Miré el sol en la ventana, la mancha amarillenta que empezaba a buscar la alfombra. Sin embargo, era indudable que yo me sentía distinto, que respiraba el aire con avidez; que tenía ganas de caminar y sonreír, que la indiferencia —y también la crueldad— se me aparecían como formas posibles de la virtud. Pero todo esto era confuso y sólo pude comprenderlo un rato después.

Me acerqué al sillón y ofrecí mis excusas a la mujer, a aquella desusada manera de la suciedad y la desdicha. Extraje el diario, gasté algunos fósforos y lo hice bailar encendido por encima de la baranda.

—El pobre Julián —dijo ella a mis espaldas.

Volví al centro de la habitación, encendí la pipa y me senté en la cama. Descubrí repentinamente que era feliz y traté de calcular cuántos años me separaban de mi última sensación de felicidad. El humo de la pipa me molestaba los ojos. La bajé hasta las rodillas y estuve mirando con alegría aquella basura en el sillón, aquella maltratada inmundicia que se recostaba, inconsciente, sobre la mañana apenas nacida.

—Pobre Julián —repetí—. Lo dije muchas veces en el velorio y después. Ya me cansé, todo llega. La estuve esperando en el velorio y usted no vino. Pero, entiéndame, gracias a este trabajo de esperarla yo sabía cómo era usted, podía encontrarla en la calle y reconocerla.

Me examinó con desconcierto y volvió a sonreír.

—Sí, creo comprender —dijo.

No era muy vieja, estaba aún lejos de mi edad y de la de Julián. Pero nuestras vidas habían sido muy distintas y lo que me ofrecía desde el sillón no era más que gordura, una arrugada cara de beba, el sufrimiento y el rencor disimulado, la pringue de la vida pegada para siempre a sus mejillas, a los ángulos de la boca, a las ojeras rodeadas de surcos. Tenía ganas de golpearla y echarla.

Pero me mantuve quieto, volví a fumar y le hablé con voz dulce:

—Betty. Usted me dio permiso para llamarla Betty. Usted dijo que se trataba de un asunto de vida o muerte. Julián esta muerto, fuera del problema. ¿Qué más entonces, quién más?

Se retrepó entonces en el sillón de cretona descolorida, sobre el forro de grandes flores bárbaras, y me estuvo mirando como a un posible cliente: con el inevitable odio y con cálculo.

—¿Quién muere ahora? —insistí—. ¿Usted o yo?

Aflojó el cuerpo y estuvo preparando una cara emocionante. La miré, admití que podía convencer; y no sólo a Julián. Detrás de ella se estiraba la mañana de otoño, sin nubes, la pequeña gloria ofrecida a los hombres. La mujer, Betty, torció la cabeza y fue haciendo crecer una sonrisa de amargura.

—¿Quién? —dijo hacia el *placard*—. Usted y yo. No crea, el asunto recién empieza. Hay pagarés con su firma, sin fondos dicen, que aparecen ahora en el juzgado. Y está la hipoteca sobre mi casa, lo único que tengo. Julián me aseguró que no era más que una oferta; pero la casa, la casita, está hipotecada. Y hay que pagar en seguida. Si queremos salvar algo del naufragio. O si queremos salvarnos.

Por las violetas en el sombrero y por el sudor de la cara, yo había presentido que era inevitable escuchar, más o menos tarde en la mañana de sol, alguna frase semejante.

—Sí —dije—, parece que tiene razón, que tenemos que unirnos y hacer algo.

Desde muchos años atrás no había sacado tanto placer de la mentira, de la farsa y la maldad. Pero había vuelto a ser joven y ni siquiera a mí mismo tenía que dar explicaciones.

—No sé —dije sin cautela— cuánto conoce usted de mi culpa, de mi intervención en la muerte de Julián. En todo caso, puedo asegurarle que nunca le aconsejé que hipotecara su casa, su casita. Pero le voy a contar todo. Hace unos tres meses estuve con Julián. Un hermano comiendo en un restaurante con su hermano mayor. Y se trataba de hermanos que no se veían más de una vez por año. Creo que era el cumpleaños de alguien; de él, de nuestra madre muerta. No recuerdo y no tiene importancia. La fecha, cualquiera que sea, parecía desanimarlo. Le hablé de un negocio de cambios de monedas; pero nunca le dije que robara plata a la Cooperativa.

Ella dejó pasar un tiempo ayudándose con un suspiro y estiró los largos tacos hasta el cuadrilátero de sol en la alfombra. Esperó a que la mirara y volvió a sonreírme, ahora se parecía a cualquier aniversario, al de Julián o al de mi madre. Era la ternura y la paciencia, quería guiarme sin tropiezos.

—¡Botija! —murmuró, la cabeza sobre un hombro, la sonrisa contra el límite de la tolerancia—. ¿Hace tres meses? —resopló mientras alzaba los hombros—. ¡Botija, Julián robaba de la Cooperativa desde hace cinco años! O cuatro. Me acuerdo. Le hablaste, m'hijito, de una combinación con dólares, ¿no? No sé quién cumplía años aquella noche. Y no falto al respeto. Pero Julián me lo contó todo y yo no le podía parar los ataques de risa. Ni siquiera pensó en el plan de los dólares, si estaba bien o mal. Él robaba y jugaba a los caballos. Le iba bien o le iba mal. Desde hacía cinco años, desde antes de que yo lo conociera.

—¡Cinco años! —repetí mascando la pipa. Me levanté y fui hasta la ventana. Quedaban restos de agua en los yuyos y en la arena. El aire fresco no tenía nada que ver con nosotros, con nadie.

En alguna habitación del hotel, encima de mí, estaría durmiendo en paz la muchacha, despatarrada, empezando a moverse entre la insistente desesperación de los sueños y las sábanas calientes. Yo la imaginaba y seguía queriéndola, amaba su respiración, sus olores, las supuestas alusiones al recuerdo nocturno, a mí, que pudieran caber en su estupor matinal. Volví con pesadez de la ventana y estuve mirando sin asco ni lástima lo que el destino había colocado en el sillón del dormitorio del hotel. Se acomodaba las solapas del traje sastre que, a fin de cuentas, tal vez no fuera de cheviot; sonreía al aire, esperaba mi regreso, mi voz. Me sentí viejo y ya con pocas fuerzas. Tal vez el ignorado perro de la dicha me estuviera lamiendo las rodillas, las manos; tal vez sólo se tratara de lo otro; que estaba viejo y cansado. Pero, en todo caso, me vi obligado a dejar pasar el tiempo, a encender de nuevo la pipa, a jugar con la llama del fósforo, con su ronquido.

—Para mí —dije— todo está perfecto. Es seguro que Julián no usó un revólver para hacerle firmar la hipoteca. Y yo nunca firmé un pagaré. Si falsificó la firma y pudo vivir así cinco años (creo que usted dijo cinco), bastante tuvo, bastante tuvieron los dos. —La miro, la pienso, y nada me importa que le saquen la casa o la entierren en la cárcel—. Yo no firmé nunca un pagaré para Julián. Desgraciadamente para usted, Betty, y el nombre me parece inadecuado, siento que ya no le queda bien, no hay peligros ni amenazas que funcionen. No podemos ser socios en nada; y eso es siempre una tristeza. Creo que es más triste para las mujeres. Voy a la galería a fumar y mirar cómo crece la mañana. Le quedaré muy agradecido si se va en seguida, si no hace mucho escándalo, Betty.

Salí fuera y me dediqué a insultarme en voz baja, a buscar defectos en la prodigiosa mañana de otoño. Oí, muy lejana, la indolente puteada que hizo sonar a mis espaldas. Escuché, casi en seguida, el portazo.

Un Ford pintado de azul apareció cerca del caserío.

Yo era pequeño y aquello me pareció inmerecido, organizado por la pobre, incierta imaginación de un niño. Yo había mostrado siempre desde mi adolescencia mis defectos, tenía razón siempre, estaba dispuesto a conversar y discutir, sin reservas ni silencios. Julián, en cambio —y empecé a tenerle simpatía y otra forma muy distinta de la lástima— nos había engañado a todos durante muchos años. Este Julián que sólo había podido conocer muerto se reía de mí, levemente, desde que empezó a confesar la verdad, a levantar sus bigotes y su sonrisa, en el ataúd. Tal vez continuara riéndose de todos nosotros a un mes de su muerte. Pero para nada me servía inventarme el rencor o el desencanto.

Sobre todo, me irritaba el recuerdo de nuestra última entrevista, la gratuidad de sus mentiras, no llegar a entender por qué me había ido a visitar, con riesgos, para mentir por última vez. Porque Betty sólo me servía para la lástima o el desprecio; pero yo estaba creyendo en su historia, me sentía seguro de la incesante suciedad de la vida.

Un Ford pintado de azul roncaba subiendo la cuesta, detrás del chalet de techo rojo, salió al camino y cruzó delante de la baranda siguiendo hasta la puerta del hotel. Vi bajar a un policía con su desteñido uniforme de verano, a un hombre extraordinariamente alto y flaco con traje de anchas rayas y a un joven vestido de gris, rubio, sin sombrero, al que veía sonreír a cada frase, sosteniendo el cigarrillo con dos dedos alargados frente a la boca.

El gerente del hotel bajó con lentitud la escalera y se acercó a ellos mientras el mozo de la noche anterior salía de atrás de una columna de la escalinata, en mangas de camisa, haciendo brillar su cabeza retinta. Todos hablaban con pocos gestos, sin casi cambiar de lugar, el lugar donde tenían apoyados los pies, y el gerente sacaba un pañuelo del bolsillo interior del saco, se lo pasaba por los labios y volvía a guardarlo profundamente para, a los pocos segundos, extraerlo con un movimiento rápido y aplastarlo y moverlo sobre su boca. Entré para comprobar que la mujer se había ido; y al salir nuevamente a la galería, al darme cuenta de mis propios movimientos, de la morosidad con que deseaba vivir y ejecutar cada actitud como si buscara acariciar con las manos lo que éstas habían hecho, sentí que era feliz en la mañana, que podía haber otros días esperándome en cualquier parte.

Vi que el mozo miraba hacia el suelo y los otros cuatro hombres alzaban la cabeza y me dirigían caras de observación distraída. El joven rubio tiró el cigarrillo lejos; entonces comencé a separar los labios hasta sonreír y saludé, moviendo la cabeza, al gerente, y en seguida, antes de que pudiera contestar, antes de que se inclinara, mirando siempre hacia la galería, golpeándose la boca con el pañuelo, alcé una mano y repetí mi saludo. Volví al cuarto para terminar de vestirme.

Estuve un momento en el comedor, mirando desayunar a los pasajeros, y después decidí tomar una ginebra, nada más que una, junto al mostrador del bar, compré cigarrillos y bajé hasta el grupo que esperaba al pie de la escalera. El gerente volvió a saludarme y noté que la mandíbula le temblaba, apenas, rápidamente. Dije algunas palabras y oí que hablaban; el joven rubio vino a mi lado y me tocó un brazo. Todos estaban en silencio y el rubio y yo nos miramos y sonreímos. Le ofrecí un cigarrillo y él lo encendió sin apartar los ojos de mi cara; después dio tres pasos retrocediendo y volvió a mirarme. Tal vez nunca hubiera visto la cara de un hombre feliz; a mí me pasaba lo mismo. Me dio la espalda, caminó hasta el primer árbol del jardín y se apoyó allí con un hombro. Todo aquello tenía un sentido y, sin comprenderlo, supe que estaba de acuerdo y moví la cabeza asintiendo. Entonces el hombre altísimo dijo:

—¿Vamos hasta la playa en coche?

Me adelanté y fui a instalarme junto al asiento del chofer. El hombre alto y el rubio se sentaron atrás. El policía llegó sin apuro al volante y puso en marcha el coche. En seguida rodamos velozmente en la calmosa mañana; yo sentía el olor del cigarrillo que estaba fumando el muchacho, sentía el silencio y la quietud del otro hombre, la voluntad rellenando ese silencio y esa quietud. Cuando llegamos a la playa el coche atracó junto a un montón de piedras grises que separaban el camino de arena. Bajamos, pasamos alzando las piernas por encima de las piedras y caminamos hacia el mar. Yo iba junto al muchacho rubio.

Nos detuvimos en la orilla. Estábamos los cuatro en silencio, con las corbatas sacudidas por el viento. Volvimos a encender cigarrillos.

—No está seguro el tiempo —dije.

—¿Vamos? —contestó el joven rubio.

El hombre alto del traje a rayas estiró un brazo hasta tocar al muchacho en el pecho y dijo con voz gruesa:

—Fíjese. Desde aquí a las dunas. Dos cuadras. No mucho más ni menos.

El otro asintió en silencio, alzando los hombros como si aquello no tuviera importancia. Volvió a sonreír y me miró.

—Vamos —dije, y me puse a caminar hasta el automóvil. Cuando iba a subir, el hombre alto me detuvo.

—No —dijo—. Es ahí, cruzando.

Enfrente había un galpón de ladrillos manchados de humedad. Tenía techo de cinc y letras oscuras pintadas arriba de la puerta. Esperamos mientras el policía volvía con una llave. Me di vuelta para mirar el mediodía cercano sobre la playa; el policía separó el candado abierto y entramos todos en la sombra y el inesperado frío. Las vigas brillaban negras, suavemente untadas de alquitrán, y colgaban pedazos de arpillera del techo. Mientras caminábamos en la penumbra gris sentí crecer el galpón, más grande a cada paso, alejándome de la mesa larga formada con caballetes que estaba en el centro. Miré la forma estirada pensando quién enseña a los muertos la actitud de la muerte. Había un charco estrecho de agua en el suelo y goteaba desde una esquina de la mesa. Un hombre descalzo, con la camisa abierta sobre el pecho colorado, se acercó carraspeando y puso una mano en una punta de la mesa de tablones, dejando que su corto índice se cubriera en seguida, brillante, del agua que no acababa de chorrear. El hombre alto estiró un brazo y destapó la cara sobre las tablas dando un tirón a la lona. Miré el aire, el brazo rayado del hombre que había quedado estirado contra la luz de la puerta sosteniendo el borde con anillas de la lona. Volví a mirar al rubio sin sombrero e hice una mueca triste.

—Mire aquí —dijo el hombre alto.

Fui viendo que la cara de la muchacha estaba torcida hacia atrás y parecía que la cabeza, morada, con manchas de un morado rojizo sobre un delicado, anterior morado azuloso, tendría que rodar desprendida de un momento a otro si alguno hablaba fuerte, si alguno golpeaba el suelo con los zapatos, simplemente, si el tiempo pasaba.

Desde el fondo, invisible para mí, alguien empezó a recitar con voz ronca y ordinaria, como si hablara conmigo. ¿Con quién otro?

—Las manos y los pies, cuya epidermis está ligeramente blanqueada y doblegada en la extremidad de los dedos, presentan además, en la ranura de las uñas, una pequeña cantidad de arena o limo. No hay herida, ni escoriación en las manos. En los brazos, y particularmente en su parte anterior, encima de la muñeca, se encuentran varias equimosis superpuestas, dirigidas transversalmente y resultantes de una presión violenta ejercida en los miembros superiores.

No sabía quién era, no deseaba hacer preguntas. Sólo tenía, me lo estaba repitiendo, como única defensa, el silencio. El silencio por nosotros. Me acerqué un poco más a la mesa y estuve palpando la terquedad de los huesos de la frente. Tal vez los cinco hombres esperaran algo más; y yo estaba dispuesto a todo. La bestia, siempre en el fondo del galpón, enumeraba ahora con su voz vulgar:

—La faz está manchada por un líquido azulado y sanguinolento que ha fluido por la boca y la nariz. Después de haberla lavado cuidadosamente, reconocemos en torno de la boca extensa escoriación con equimosis, y la impresión de las uñas hincadas en las carnes. Dos señales análogas existen debajo del ojo derecho, cuyo párpado inferior está fuertemente contuso. A más de las huellas de la violencia que han sido ejecutadas manifiestamente durante la vida, nótanse en el rostro numerosos desgarros, puntuados, sin rojez, sin equimosis, con simple desecamiento de la epidermis y producidos por el roce del cuerpo contra la arena. Vese una infiltración de sangre coagulada, a cada lado de la laringe. Los tegumentos están invadidos por la putrefacción y pueden distinguirse en ellos vestigios de contusiones o equimosis. El interior de la tráquea y de los bronquios contiene una pequeña cantidad de un líquido turbio, oscuro, no espumoso, mezclado con arena.

Era un buen responso, todo estaba perdido. Me incliné para besarle la frente y después, por piedad y amor, el líquido rojizo que le hacía burbujas entre los labios.

Pero la cabeza con su pelo endurecido, la nariz achatada, la boca oscura, alargada en forma de hoz con las puntas hacia abajo, lacias, goteantes, permanecía inmóvil, invariable su volumen en el aire sombrío que olía a sentina, más dura a cada paso de mis ojos por los pómulos y la frente y el mentón que no se resolvía a colgar. Me hablaban uno tras otro, el hombre alto y el rubio, como si realizaran un juego, golpeando alternativamente la misma pregunta. Luego el hombre alto soltó la lona, dio un salto y me sacudió de las solapas. Pero no creía en lo que estaba haciendo, bastaba mirarle los ojos redondos, y en cuanto le sonreí con fatiga, me mostró rápidamente los dientes, con odio, y abrió la mano.

—Comprendo, adivino, usted tiene una hija. No se preocupen: firmaré lo que quieran, sin leerlo. Lo divertido es que están equivocados. Pero no tiene importancia. Nada, ni siquiera esto, tiene de veras importancia.

Antes de la luz violenta del sol me detuve y le pregunté con voz adecuada al hombre alto:

—Seré curioso y pido perdón: ¿usted cree en Dios?

—Le voy a contestar, claro —dijo el gigante—; pero antes, si quiere, no es útil para el sumario, es, como en su caso, pura curiosidad... ¿Usted sabía que la muchacha era sorda?

Nos habíamos detenido exactamente entre el renovado calor del verano y la sombra del galpón.

—¿Sorda? —pregunté—. No, sólo estuve con ella anoche. Nunca me pareció sorda. Pero ya no se trata de eso. Yo le hice una pregunta; usted prometió contestarla.

Los labios eran muy delgados para llamar sonrisa a la mueca que hizo el gigante. Volvió a mirarme sin desprecio, con triste asombro, y se persignó.

Augusto Roa Bastos

El aserradero

Los días de viento norte parece que estuviera más cerca porque las ráfagas calientes lo arriman al villorrio en el ronquido de los tronzadores. Con todo no dista más de media legua. Está en el mismo lugar donde comenzaron a aserrar los primeros rollizos, poco después de la Guerra Grande, cuando se subastaron las tierras del fisco dicen que para pagar las deudas a los vencedores de la Triple. Lo que resulta divertido porque es como si los deudos del muerto, a lo largo de diez generaciones, hayan tenido que matarse trabajando para pagar al matador los gastos de la muerte y del entierro. Justo un cuento para velorio; pero uno va y lo cuenta en un velorio y no se lo ríen ni a cañonazos porque a la gente no le importa nada de nada, y menos desde luego lo que ha pasado hace mucho tiempo. Así como tampoco le importa lo que ha pasado hace poco y lo que puede pasar. No hay memoria para el daño, y como no hay cosa buena que pasa, pues la gente no se acuerda de nada.

Tal vez esto después de todo sea lo mejor. Y lo mejor de todo es que tal vez no pueda ser de otra manera, porque esta tierra, al menos la que yo conozco de la región del Guairá donde nací, ha quedado no más como enterrada en el pasado. La tierra y los hombres. Y si me apuran, yo diría que hasta los animales, no sólo los de yugo y corral, sino hasta las fieras del monte. Todo: las víboras, los insectos, hasta los pájaros que vuelan ladeados como si fueran a caerse a cada momento al chocar contra la blanca pared del calor que tapa el horizonte por donde se lo mire.

No hay más que ver los ojos mortecinos, sin recuerdo; esos movimientos de no esperar nada, ni siquiera que el tiempo pase y se lleve toda esta resaca amontonada hasta casi tocar el cielo bajo y opaco del cerro; esta resaca que está ahí aunque no se la vea porque más que afuera está adentro de cada uno de nosotros y nos sale de seguro en las miradas, en la respiración, en la manera que tenemos de andar como desandando y de hablar en voz baja y torcida como para que nos entiendan del revés; esta resaca que va enterita dentro de uno por lejos que uno haya creído escapar. Y más hablamos o pensamos en ella, más se nos arresabia en la sangre.

Pero si hasta las nubes son sucias, del color del algodón en rama entreverado de tierra; seguro porque se llevan las aguas del estero que rodea nuestra región. Cada año, para San Blas, cae una lluvia roja, y el año que no cae la gente se preocupa porque no cae, igual que por la sequía, la langosta o las revoluciones. Y entonces van a pedirle remedio al Cristo del cerrito, que ya debe de estar cansado de este pueblo de pedigüeños, de limosneros de la gracia divina.

Ahí, en las faldas del cerro, comenzaban los montes vírgenes que se han ido talando de a poco, una gran parte de los cuales, según las habladurías, fueron a parar a manos del mariscal brasileño que mandaba las fuerzas de ocupación. Ahora los explota La Forestal Paraguayo-Brasileira S. A., si se ha de creer en los letreros pintados con alquitrán en mojones y alzaprimas. Y ahí mismo está el aserradero como antes: un villorrio más pequeño que el otro, sus chozas sin paredes, sin más que las cabriadas del techo de paja de dos aguas, los caballetes y, debajo, las zanjas cuadradas como sepulturas. Dos hombres por cada cobertizo trabajan de sol a sol: uno arriba, de pie sobre el tronco, alza y baja pausadamente los brazos atornillados al mango del inmenso serrucho, siguiendo pulgada a pulgada las líneas tiradas a negro de humo y apenas visibles sobre la rugosa corteza; el otro con la cabeza fuera de la zanja, encaneciendo en la llovizna de aserrín.

Todo está como al comienzo, y de seguro nunca pondrán sierras movidas a vapor y menos a electricidad, porque si bien los brazos de los obrajeros resultan más lentos, son también más baratos. Pero aunque pusieran un aserradero mecánico no cambiaría gran cosa; queda mucha selva virgen todavía, y con sierra a vapor, con energía hidráulica o el mero pulmón de los hombres doblándose por la cintura a cada ronquido de la sierra bajo el techo de paja podrida, sobra trabajo para mil años. Así que no hay apuro. No importa el tiempo, pues qué ha de ser el tiempo para estos hombres sino esa selva de nunca acabar que va pasando por el aserradero y en la que nadie piensa sino al escupirse las manos, cada dos o tres jemes de corte, para aferrar de nuevo el mango del tronzador y seguir dándole al palo.

—Volvió Eulogio —dijo el de arriba, un hombrecito rechoncho, los brazos cortos le hacían doblar el espinazo más que a los otros.

—¿Quién? —preguntó el de abajo.

—Eulogio Esquivel. —El retacón tuvo que elevar la voz y aprovechó para detener en lo alto al tronzador y pasar el canto de la mano por el torso empastado; la sacudió con irritación, y las salpicaduras se estrellaron contra las tablas. Al instante, las lechiguanas hambrientas se empantanaron en ese plasto de madera y sudor.

—Eulogio Esquivel —dijo como en un eco el hombre joven mirando a lo lejos.

—Al venir lo vi junto al arroyo, dormido bajo un árbol. Tenía el sombrero sobre la cara. Pero estoy seguro que era él. Por la manera que tenía Eulogio de mostrar que era él, aunque estuviese borracho o dormido. Un tipo así era ese diablo de Esquivel.

—No puede ser él. Hace mucho que está en la Argentina. ¿Para qué iba a volver? Allá hay trabajo de todo y para todos.

—Nunca le importó mucho el trabajo. Vendría buscando otra cosa, a saber qué, aunque más no sea para refregarnos por las caras la ropa y los patacones alforzados que habrá traído de allá.

—Hubiera aparecido por el boliche de don Nicanor Balmaceda.

—Cierto —admitió el hombrecito—. Clavado que ahí hubiera ido primero a picar del fuerte como siempre. Me habré equivocado entonces. ¡La pucha con este calor! Y el locro de las doce todavía está lejos...
—Se veía que trataba de prolongar la charla, hablar de cualquier cosa, con tal de seguir ventilándose con el inmenso sombrero de paja, esparrancado sobre el tronco. El otro no contestó pero también aprovechó la pausa para sacudirse el barro de aserrín que le embadurnaba el pellejo.

—Me gustaría tumbarme ahí mismo —continuó el otro—, y tomarme una cerveza bien helada como esa que te sirven en el fondín de Itapé. ¡A la gran flauta! Estoy viendo el sudor helado que escarcha la botella. No hay como la cerveza, socio. Me gustaría tomar una botella tras otra, sin moverme, hasta tener hipo y sentir que te corre por dentro un río de cerveza helada haciéndote cosquillas en la nariz con la espuma... Yo también creo que un día de éstos me voy a largar para la Argentina. A lo mejor, Manuel, nos va bien allá. Dicen que por lo menos se come y se chupa bien.

—Vamos a meterle, Perú. Estamos haciendo demasiado sebo y así no rinde el día.

El hombrecito rechoncho se ensombreró otra vez hasta los ojos, y el tronzador volvió a zumbar en la madera del timbó.

Eso fue por la mañana, antes de que las mujeres llegaran con las ollitas de comida. A la caída del sol, al golpe del capataz en el trozo de riel, los hombres bajaron de los caballetes y salieron de los zanjones, apilaron las tablas y guardaron las herramientas al apuro, entre bromas y gritos roncos que se apagaban sin ecos en las lomadas de aserrín.

Manuel Ramos se demoró más que otras veces numerando y cubicando las tablas. Después se puso a afilar el tronzador remolonamente, tanto que el capataz se acercó y le dijo:

—¿No vas a volver a tu casa?

—Sí —dijo él sin reparar en la cara de sorna del otro.

—Tu mujer te estará esperando. —Y tras el silencio de Manuel—: Si yo tuviera una mujer como la tuya, no la dejaría ni a sol ni a sombra —dijo con un guiño que tampoco vio Manuel, agachado sobre la hoja dentada que brillaba al rojo vivo en la última luz del ocaso.

Un rato después, escorándose a cada paso sobre el pie flojo, Manuel Ramos regresaba hacia los ranchos, invisibles más allá del arroyo, del otro lado de los palmares sobre los que flotaban chirriando las tijeretas en su vuelo sesgado. Iba aspirando con ansias el olor de las guayabas maduras que llenaba la tarde y ese otro aroma metálico de las cigarras enloquecidas por la proximidad de la noche: algo que se puede tocar con las manos, ¿no, Manuel?, como cuando éramos chicos y nos íbamos a nadar al arroyo. Me estarías hablando, aún ahora, y aunque no me hablaras, lo mismo lo sabría con sólo mirarte. Y vendría todo lo que ocurrió después y yo no tendría que perderme en este cansancio de andar a ciegas con lo tuyo y de tener que adivinarlo.

Mientras regresas a tu rancho de seguro se te caen encima otras tardes de verano como ésta, cuando comenzó tu rivalidad con Eulogio por el amor de Petronila Sanabria; una rivalidad que, en lugar de separarlos, los unió más estrechamente en esa especie de mutuo acecho que era no más un nuevo modo de camaradería, de esa camaradería peleada y recelosa que venía arrastrándose entre ustedes desde los tiempos de la escuela en Itapé. Dos hileras más adelante del tuyo estaba el banco de la Nila que coqueteaba con los dos y aceptaba de los dos, sin aparente favoritismo, los coloreados huevos de perdiz y las cotorritas cazadas con cimbra en el monte, lo que no conseguía sino hacerles apretar más los puños y morderse los labios hasta sangrar. Estaban ya tan cerca, tan pegados el uno al otro por el mismo amor, por el mismo odio, que no eran más que labios y dientes de una misma boca.

Hubo un momento, sin embargo, en que Eulogio Esquivel debió de creer que triunfaba: fue cuando quedaste impedido de un pie y comenzaron las burlas y las bromas que Eulogio más que nadie azuzaba, sin darse cuenta de que esas bromas precisamente la estaban inclinando a tu favor a Petronila, que no podía ver sufrir a nadie, ni siquiera a un bichito golpeado. Luego la conscripción los llamó a los dos a Asunción. ¿Recuerdas que lo sentiste casi como un alivio porque en todo ese tiempo tu amor por Petronila había crecido y sólo el defecto del pie te ayudaba a disimularlo por temor a humillarla y a humillarte, porque no podías soportar su lástima?

Pero fue ese defecto el que, al modo de un no buscado desquite, te libró del servicio y te devolvió al pueblo. Eulogio tuvo que quedarse a tragar su encono y el polvo del cuartel a lo largo de dos años interminables.

A su regreso vio sus temores en el espejo de la realidad: encontró que te habías casado con Petronila. Se sintió doblemente traicionado, en la amistad y en el amor. Pero nada te dijo, pareció de pronto olvidado de todos esos años de rivalidad. Pareció de pronto como si por primera vez fuese verdaderamente tu amigo, si bien —todo hay que decirlo— al principio debiste sospechar que a él le costaba ahora disimular su fracaso tanto como en un comienzo te costó disimular tu desesperación. Al final te convenciste de que era sincero; es decir, te engañó por primera vez. Y te engañó porque ignorabas lo que había hecho a tus espaldas. Tal vez en esto se equivocó Petronila en no contártelo.

Recordarás que, desde que llegó, Eulogio sentó plaza de vago en el pueblo; se pasaba los días en el boliche de don Nicanor Balmaceda, y de allí, pesado de caña y despecho solía llegarse a tu casa asediando a Petronila, a tu propia mujer, mientras te deslomabas bajo los rollizos en el aserradero.

Petronila trató de ahuyentarlo con buenas razones; pensó tal vez que era el mejor camino para alejar a un hombre taimado como Eulogio. Pero él creyó que Petronila cedía. Una mañana, envalentonado, quiso forzar la mano. Petronila —¡lástima que no lo supieras!— se defendió con el cuchillo de la cocina y le marcó la cara de un tajo. Desde entonces desapareció. Lo último que supiste de él fue que lo habían visto en el éxodo de braceros que emigran todos los años para las cosechas, más allá de las fronteras.

Pero esta cálida y rosada tarde de enero, Eulogio Esquivel ha vuelto a aparecer después de tres años de ausencia. Manuel lo ha visto de lejos, lo ha adivinado casi, tumbado al borde del camino, entre los yuyos, el sombrero puesto sobre la cara. Después se incorpora de golpe y se queda sentado, apuntalado en un codo, mirando a Manuel con una gran risa:

—¡Guá, Manuel!

Está más negro y flaco; quemado por soles aún más abrasantes que los del terruño, por distancias, caminos y vaivenes; quemado por dentro sobre todo, con esa quemadura que se le nota en los ojos, en la risa, en el pellejo curtido, seco, sin un gramo de grasa, adherido a los huesos de la cara, a punto de partírsele en los pómulos puntudos. Está amable y lejano todavía, como si no hubiera acabado de llegar o como si de golpe hubiera resucitado ahí bajo el guayabo y no pudiera encontrar rápidamente todo su cuerpo. Pensando en hombres como Eulogio es como se me ocurrió lo que dije hace un momento de esa forma de resaca, de limo seco, de vida al revés que hay en todos nosotros, y que Eulogio no puede esconder ni siquiera con esa risa de huesos grandes con que está mirando a Manuel.

—¡Eulogio! ¿Cuándo volviste?

—Ahora —dice buscando algo a su alrededor porque ya está en otra cosa y no ha visto siquiera o no ha querido ver la mano que Manuel le ha tendido. Se levanta y arranca la fruta de un guayabo, la aplasta contra los dientes y la va comiendo de a poco, arremoladamente, como los chicos. Las semillitas le ponen overa la boca mientras vuelve a mirar a Manuel; pero es como si no lo viera o no lo tuviera delante.

—Me contó Pedro Orué que te vio esta mañana, y no lo podía creer...

Por un instante, la expresión alegre, socarrona, de Eulogio se cambia en una mueca de disgusto, pero sobre el tajo de la boca la sonrisa vuelve a aflorar en seguida.

—Ahorita nomás he llegado y no he pasado por el pueblo. No me pudo ver nadie. —Tira el resto de la fruta, se limpia la boca con el revés de la mano, después la pone sobre el hombro de Manuel, que no se fija en el hilo de la cicatriz a un costado de la cara, de seguro porque no sabe que esa cicatriz está ahí, no en la sonrisa algo encanallada y burlona, sino en la presencia del amigo que ha vuelto. No recuerda, o tal vez quiere olvidar ahora todo lo malo que los unió en el pasado: la rivalidad por Petronila, el empujón de Eulogio que lo volteó de un árbol para evitar que atrapara el pichón de calandria, quebrándole el pie en la caída, las solitarias peleas a la salida de la escuela en que se pegaban como a escondidas, entre los cocoteros, hasta sacarse sangre, hasta caer sin aliento, todavía abrazados sobre la tierra caliente sembrada de grandes espinas de coco, de esas espinas con las que los pobladores de Itapé entretejen las coronas de los calvarios para Semana Santa. Me acuerdo de aquella vez que te quiso ahogar en el remanso, aplastándote bajo unos raigones de ingá, y tuvimos que ir entre todos a golpearle con palos y hasta con piedras para que te soltara, y cuando te arrastramos sobre la arena tenías ya la cara musgosa de los ahogados, mientras él se reía recostado contra un árbol, un poco rabioso y otro poco satisfecho, acariciándose las partes y enseñándonos de pronto, con una mueca soez, los testículos increíblemente hinchados, pavonados, por la presión de la mano. Un gesto que no nos incluía, uno de esos rápidos y equívocos signos que confunden o dejan afuera a los que no pueden comprenderlo, porque surgen reventados de un sentimiento más fuerte y oscuro que la simple procacidad o el odio o la humillación.

—Vamos pues a casa, Eulogio —de seguro le diría.

—Sí, pero primero vas a compañarme.

—¿Adónde?

La mano de huesudas falanges se levanta hacia el cerro.

—Encontré un «entierro» de la Guerra Grande.

—Estás mintiendo, Eulogio —prueba a reír Manuel.

—No, cierto, como que estamos el uno frente al otro. ¿Te acuerdas de don Casiano, el veterano de Isla-Valle?

—Sí, pero él murió hace mucho.

—Encontré al hijo, a Secundino, en Formosa. Se puso muy enfermo y yo lo atendí. Antes de morir, me dio las señas del entierro...

—¿Tenía un entierro aquicito y se fue allá lejos a dejar los bofes como peón golondrina? —lo interrumpe Manuel, indignado no se sabe si contra la idiotez del bracero o la patraña del recién llegado.

—No me dejas hablar. Yo le pregunté lo mismo y casi largué la risa sobre sus últimas boqueadas. Pero entonces me dio a entender que habían cavado con el viejo en varias partes sin encontrar nada, pero que con toda seguridad alguien con más suerte y que no estuviera impedido lo encontraría. Yo acabé creyéndole porque ya estaba casi muerto, y un cristiano en ese estado no miente ni por un casual. Quiso decir más cosas, pero ya no le salía la voz y jedía más que un muerto porque las almorranas se le habían podrido demás. Yo me vine, pues, Manuel, a probar suerte. Y como el perro come lo que la gata entierra, me puse a cavar no más al llegar. Pero la veta es grande y necesito un compañero de confianza. Por eso he venido a buscarte.

—Vamos a ir mañana.

—No, tiene que ser esta noche. Ya he peleado bastante y pueden descubrir el lugar. Se sabe que el cerro guarda todavía muchas de estas butifarras... —La mano de Eulogio vuelve a cerrarse sobre el hombro de Manuel—. ¡Manuel, vamos a hacernos ricos! Se van a caer de culo cuando nos vean con los cántaros llenos de monedas y chafalonías. Le vamos a comprar el boliche a don Nicanor y trabajaremos como socios. Vamos a poner también un almacén y así vas a poder dejar el aserradero... —La risa muestra los dientes negros de tabaco, mientras los ojos que no se mueven, que siguen serios, pulsan desde el fondo de las cuencas la voluntad de Manuel y ya lo están empujando contra su voluntad.

Se van los dos hacia el cerro, despeado el uno, flexible el otro, encorvado como bajo el peso de esa expectativa de riqueza, de bienestar futuro, de paz, que parece llenarlo por entero, hasta que las dos siluetas se hacen una sola y acaban perdiéndose en las sombras del anochecer.

Pero Petronila no puede saberlo; no malicia siquiera lo que ha podido ocurrirle a Manuel.

Como de costumbre, ha comenzado a mirar el camino que lo estará regresando hacia ella, mientras apronta el agua en la batea, la toalla, la camisa limpia que ella misma se la abotonará, demorándose en cada botón, hasta quedársele recostada en el pecho, mientras los dedos correosos y oliendo a madera le enredarán el negrísimo pelo de las trenzas con las que él gusta juguetear. Si hasta le ha dicho más de una vez, para hacerla enojar, que le gustaría morir ahorcado en una de esas trenzas. Y ella le ha contestado riendo: «Pero si ya estás ahorcado, Manuel, desde que te casaste conmigo. Y yo también me morí. Y porque estamos muertos es que no tenemos un hijo.» Esa vez Manuel anduvo mustio y resentido varios días.

Ella sabe el momento justo en que él suele aparecer por el recodo, después del algarrobo grande que está casi enfrente del boliche de Nicanor Balmaceda. Pero ahora está tardando. Se ha mirado en el agua de la batea, y desde esa cara que está debajo del agua morada dos ojos juntos y ligeramente oblicuos la miran preocupados. Se ha puesto a trajinar haciendo cualquier cosa, aferrándose con los ojos a los signos familiares: la silla puesta bajo la parralera, la mesa con el mantel de mezclilla y los dos pares de cubiertos de hojalata, ya bastante aporreados, que ella se ha propuesto reemplazar la primera vez que vaya de compras al almacén de los turcos en Itapé. Manuel le ha prometido llevarla al baile de la función patronal, y ya faltan pocos días. También tiene que comprarse un vestido nuevo y los zapatos de tacos altos; porque, a pesar de su renguera, Manuel sabe darse maña para bailar sin que se le note y lo hace mejor que ninguno. La casita entera respira tranquila en el vapor de la olla.

La oscuridad, moteada por los puntitos fosfóricos de los gusanos de luz, ha ido tapando el camino, que sólo ha reaparecido más tarde con la luna. Sin dejar de mirarlo, Petronila se ha acurrucado sin sueño en la silla recostada contra el horcón del rancho. El pueblo está quieto. Sólo de la otra parte, desde el paso del río donde está la casa de María Dominga Otazú, el viento trae remezones de guitarras, de risas y voces de hombres.

Petronila se ha levantado, ha entrado el mortero a un rincón de la pieza y ha encendido en el fondo una vela después de mojar el pabilo con la lengua. Se ha incorporado más segura, como protegida por la agüería. La llamita de la vela llama a su hombre, lo resguarda con el vapor de ese unto de saliva contra el poder de mujeres como María Dominga, que atrae a hombres y guitarras al alero de su rancho.

Un remolino de viento ha apagado la vela en la comba del mortero. Petronila no lo sabe porque ha vuelto a salir, por centésima vez, a mirar el camino hinchado de luna. Lentamente, tomándose todo el tiempo, se ha preparado una infusión de curupá, el zumo

196

de esa planta de hojitas llovidas con olor a chinche de monte que tumbaba a su abuela como un tronco en medio de sus peores insomnios. Petronila se ha acostado como a la medianoche, mucho después que el camino se le ha ido borrando poco a poco gastado por las miradas y éstas por el narcótico indígena.

Un ruido llega hasta ella atravesando el sueño en medio del cual busca incorporarse por entre el matorral de mucílago en el que al querer levantarse se hunde cada vez más.

—Ma... nuel... —tartamudea con lengua de trapo.

—Sí... —le responde en voz baja; hay cansancio, un cansancio de mucho tiempo, algo que viene de muy atrás, en ese jadeo de animal acosado, en ese hilo de voz sibilante; pero también la angustia de un apuro que lo empuja a andar tropezando en la oscuridad.

—Voy a... servirte... la comida...

—No quiero comer...

Silencio. Él se deja caer en la cama. Está mojado de sudor. En su sueño, roto a medias, Petronila se le aferra, lo acaricia maquinalmente con un mimoso reproche apenas burbujeado como un estertor, y en el que no la cabeza sino el instinto ha de trabajar oscuramente. Debe de sentir que el cuerpo duro, húmedo, de su hombre también se le aferra hasta ahogarla casi en medio de la maleza gomosa de la que no puede zafar, urgido de feroces y definitivas caricias que hacen crujir la trama de cuero del catre, que la hacen gemir a ella mordiendo su nombre hasta el suspiro del espasmo final, hasta dejarla como muerta junto a él.

Es inútil que a la mañana busquen a Manuel por todas partes. Nadie sabe dónde está. No ha dicho a nadie que se iba. Ha desaparecido como el humo. Petronila contará que lo ha sentido entrar en medio del sopor del curupá, que ha dormido a su lado hasta muy cerca del amanecer. «Ésta ha soñado», dirá Pedro Orué por lo bajo a los otros. Pero es cierto que hay una manchita de sangre en la almohada como el borrón de una cara con desolladuras, y regada por el piso la arenilla colorada del cerro.

Y nadie, ni los baqueanos que han encontrado rastros como de dos hombres en lucha al borde de la caverna del cerro cuya profundidad no se conoce, y que han descubierto al primer golpe de ojo que esas pisadas con granitos de asperón en el piso del rancho no fueron dejadas por las alpargatas de Manuel, querrán decir lo que piensan. Ni el propio Pedro Orué, que ahora tendrá que buscarse otro compañero de sierra, se animará a contradecirla ni a desalentarla con simples sospechas.

Para ella Manuel se ha largado también en el éxodo de braceros; no atina con el motivo, porque lo sentía contento a su lado. Pero todo le parece extraño desde que le falta Manuel.

Nadie se atreverá, ni entonces ni después, a emponzoñar la obstinada espera de Petronila que tendrá los ojos cada vez más ardidos y lejanos, sobre todo los días en que el viento norte arrima el aserradero a la vueltita de su rancho; que irá de tarde en tarde hasta el vado, a la casa de María Dominga, para mendigar noticias de su hombre a los troperos, milicos y viajeros de paso por ahí, y donde por fin, a la vuelta de algún tiempo, cuando ya la espera angustiada se ha cambiado, sin que nadie lo note, en esa locura mansita y absorta que la ha fijado en el futuro, se quedará a acompañar a María Dominga en la atención de su clientela nómada, con la sola paga de esos vagos rumores que traen y llevan su esperanza y el fantasma de Manuel.

1956

MONTSERRAT ROIG

El canto de la juventud

A los doctores Nolasc Acarín y August Andrés

> *Ans que la nit final em sigui a punt,*
> *al fatídic avui tombo la cara;*
> *tan envilit,*
> > *em sembla ja difunt.*
> *I un nou esclat de fe m'anima encara*
> *i torno, cor batent,*
> > > *a la llum clara,*
> > *per galeries*
> > > *del record profund.* *

JOSEP CARNER, Absència

---

* «Antes que la noche final esté a punto para mí, / le doy la espalda al hoy fatídico; / de tan envilecido, / me parece ya difunto. / / Y un nuevo estallido de fe me anima aún, / y vuelvo, con el corazón brincándome en el pecho, / a la luz clara, por galerías / del recuerdo profundo.»

No apretaba los párpados, sólo los dejaba en reposo. Lo hacía todas las mañanas, antes de que entrase la enfermera. Le gustaba entrecerrar los ojos, como si estuvieran tapados por un pañuelo transparente, color rosa claro. Un pañuelo de seda. Luego iría abriendo los párpados y comprobaría que todo seguía en su lugar. Los abría porque quería, igual como podía, a voluntad, mover las manos y ladear un poco la cabeza. Miró hacia arriba: por la ventana entraba la luz lechosa de la primera hora del día, todavía soñolienta. Vio las paredes blancas, despintadas, y, en el centro de la habitación, el biombo. Sí, todo seguía en su sitio. Los objetos se despertaban con ella. Volvían a estar ahí después de la noche, tan corta. En los hospitales las noches son muy cortas.

Oyó la respiración pesada, sorda, de la señora que estaba detrás del biombo. Era una respiración ronca, como si tuviera una máquina encima del pecho. El estertor de la agonía. Desde que la trasladaron a aquella habitación, la señora del otro lado del biombo iba a ser la cuarta en morirse. Las inspiraciones eran cada vez más distanciadas, más sordas, hasta que, de madrugada, ya no oiría nada. Todas morían de madrugada. Igual que la noche. El doctor de la sala grande le había dicho una vez que este fenómeno se debía al cortisol, la hormona del crecimiento. Por esto le gustaba sentir los párpados encima de sus ojos, y abrirlos despacio para comprobar que todo seguía en su sitio. Ella no les decía nada a las señoras de detrás del biombo. Tampoco la habrían oído. Los cuerpos no tienen nada que decirse, aunque ella procuraba respirar con otro compás. Por cada inspiración de la otra, ella hacía dos. Dejaba que los pulmones se le llenaran de oxígeno, como si éste hubiera de bajar hasta el estómago, y luego lo soltaba por la nariz, con suavidad, rítmicamente. No, nada la vinculaba con el cuerpo que había tras el biombo. Sólo eran dos cuerpos contemporáneos. Los cuerpos de dos viejas instaladas en la habitación del piso de arriba, traladadas desde la sala grande para morir allí. Unas morían deprisa, otras tardaban algo más.

Ella era de las que tardaban. Cuando sentía sobre los ojos el roce suave de los párpados, aquellos velos rosados que la separaban de los objetos de la habitación, de la ventana, las paredes y el biombo, sabía que estaba viva. Y la respiración de la vieja de al lado se alejaba, como se alejaba el ruido metálico del cubo de la mujer de la limpieza, o el rumor del carrito del desayuno que iba avanzando por el pasillo. Empezó a oír el zumbido cuando le dio el ataque, poco después de que una bocanada de sangre se le disparase en el cerebro, se trataba de un murmullo que, a veces, tomaba el aire de una melodía. Era una canción. La cantaba un grupo de excursionistas y empezaba así: «El mañana me pertenece...» No la oyó nunca más, sólo aquel día, en el bar, mientras tomaba el aperitivo con sus padres. Se echó a reír.

—Bien, parece que hoy estamos de buen humor, ¿no?

El doctor acababa de entrar y la miraba socarrón. Él no hablaba con diminutivos, como la bruja de la enfermera. Pero las visitas del joven de la bata blanca eran demasiado rápidas. No lo podía retener. Desaparecía al ritmo de sus inspiraciones.

—Aunque os falten camas no pienso estirar la pata por el momento —repuso, abriendo los ojos del todo.

—Siempre está bromeando, Zelda —dijo el doctor mientras desaparecía tras el biombo.

Hoy tampoco había podido retener con la mirada la espalda blanca del doctor. Una espalda ancha, con los hombros ligeramente cuadrados. Como la espalda que estaba tan quieta ante el mostrador del bar. Era la espalda de un forastero. Llevaba una camisa blanca. Había entrado en el bar sin mirar a nadie, con aire decidido. Los hombres que venían de la guerra no tenían aquel aire. Lluís, sin ir más lejos, solía esconder la cara entre sus pechos mientras ella le acariciaba la cabeza como a un crío. Él apenas se movía ante el mostrador, y no se dio la vuelta. Tenía el pelo negro, algo rizado, que le cubría la mitad de la nuca. Como el doctor.

Una rendija de luz amarilla se colaba por la ventana. El rayo de sol iluminaba las motas de polvo y éstas bailaban siguiendo la línea trazada. Atravesaban el biombo para ir a morir al suelo. Ahora el doctor rozaba con su hombro izquierdo el borde del biombo. Ella no podía erguirse para ver toda la espalda blanca del doctor. Y cuando vio en el bar la camisa del desconocido, bajó la vista. Pero, aunque no la viera, sentía que estaba allí, igual que la nuca, inmóvil, tensa. Una fiera a punto de saltar. Notó que las piernas se le volvían de acero.

—Hola, bonita, ¿cómo hemos pasado la noche? —preguntó la enfermera con el aparato de la presión en una mano y el termómetro en la otra.

—Si me lo pregunta a mí, le diré que aún no me he muerto. Lo que no sé es cómo la ha pasado usted. ¿Se lo tengo que decir yo?

—Veo que hoy estamos de buen humor.

—¡Y dale! ¿Por qué no usa las personas verbales en su forma correcta?

—Es un modo de hablar, chata... Ahora te voy a poner el termómetro y...

—No es de buen gusto tutear a los agonizantes.

Oyó que el doctor murmuraba algo a su ayudante. No le hacía falta poner atención: la cuarta señora no pasaría de la madrugada.

—Y ahora te vas a tomar las pastillas que te recetó el doctor después del ataque.

—Le molesta que todavía no esté en la fosa, ¿eh?

—Eres más fuerte que un roble.

—A los árboles viejos les cuesta morir.

El doctor estaba ahora lejos del biombo y hablaba con su ayudante. La enfermera aún no le había arreglado la almohada, y no podía ver bien la figura del médico desde su posición horizontal. El doctor se dio la vuelta y la miró sin mirarla, en cambio, él sí que lo había hecho, sí que la había mirado al girarse, con un codo apoyado en el mostrador y un vaso de vino en la mano. Ella ya no bajaba la vista, sino que también lo miraba. Tenía una frente ancha y desnuda, con el pelo peinado hacia atrás. Brillante. No sonreía, no hablaba con nadie. Con una mano larga apretaba con fuerza el vaso de vino. Ella sintió como si le estuvieran apretando el corazón, como si estuviera a punto de salírsele por la boca. «Diabólico», pensó.

Ahora hablaban la enfermera y el ayudante, mientras el doctor escuchaba con los ojos fijos en ella, y en el bar también sus padres hablaban de algo, mientras él la miraba como si los dos estuvieran solos, no oía lo que decían sus padres, sólo el zumbido, cada vez más lejano, del canto de los jóvenes excursionistas. En cuanto él la miró, ella supo lo que quería. Y lo que quería no se lo podía decir a nadie.

—Esta tarde no te asustes, querida —murmuró la enfermera—. Vendrá el cura a visitar a tu vecina.

—No me gustan los curas, van de negro.

—Claro, pero esto no significa nada. ¿No serás supersticiosa?

—El negro es el color de los que olfatean la muerte.

—¡Anda! No seas descreída...

—Eso no le incumbe.

—Eres una vieja imposible. —La enfermera seguía hablando en voz baja—. Harías perder la paciencia al mismísimo Job. Si no eres buena chica, no te volveremos a bajar a la sala grande.

Ella se levantó y fue en dirección al lavabo del bar. Pasó a un metro de donde estaba él y, mientras andaba, tenía la sensación de ir desnuda. Se miró al espejo y vio reflejada a otra persona. Se lavó las manos tres veces. Luego se puso colonia en las axilas. Quería que todo su cuerpo oliera a espliego. La puerta del lavabo chirrió y la camisa blanca se decantó un poco hacia la izquierda. Ella abrió el grifo para lavarse las manos de nuevo, pero él la detuvo. La mano larga le apretó la muñeca como antes lo había hecho con el vaso de vino. Ella lo dejó hacer. Sintió que su cuerpo se volvía agua. La abrazó mientras el grifo goteaba. Ella, primero, alzó los brazos como si quisiera atrapar el aire, pero luego los aflojó y dejó que bajaran suavemente por la espalda blanca. «No digas nada», le dijo él. Y ella cerró los ojos mientras los dos cuerpos descendían hacia un fondo de tierra y de fuego.

Tras el biombo la respiración de la cuarta señora parecía el silbido de un tren cansado. El doctor todavía la miraba sin mirarla, mientras los demás emitían palabras como «familia», «papeles», «cama». Un triángulo, cada palabra en un ángulo y, dentro, el ojo del doctor que la miraba como si la riñera. Se echó a reír.

—Y ahora ¿de qué te ríes? —se volvió, enfadada, la enfermera.

—De nada.

—Tienes un modo de reírte que me pone frenética. Además, si ríes, te subirá la presión. Ya sabes que no te conviene. Luego todo serán prisas. Y ya tenemos bastante trabajo.

Adivinó por la ventana un destello de cielo azul. El doctor se fue y las dos líneas de polvo volvieron a ser dos líneas paralelas llenas de motas que danzaban. El polvo danza antes de convertirse en ceniza, pensó, al tiempo que giraba la cara hacia el otro lado. No quería ver el rayo de sol. No quería ver el biombo. Ella se dejó abrazar en el lavabo del bar y puso la oreja encima de la camisa blanca, toc-toc hacían los latidos del corazón, y vio que las baldosas blancas daban vueltas con ellos. Todo era una sola cosa, los latidos del corazón, el blanco de la camisa y el blanco de las baldosas, todo era uno e infinito. Pero la danza terminó cuando él le mordió la oreja y ella vio en la córnea de sus ojos unos minúsculos hilillos rojos.

—Ahora te vas a tomar un zumito de naranja y

luego te levantaremos un poquitín —dijo la enfermera.

—¿Cuándo regresará el doctor?

—¿Para qué lo quieres? Ya te ha visto. Y ha dicho que si te portas bien quizá vuelvas a la sala grande.

—Aquí estoy bien.

—Anda, bonita —decía la enfermera mientras le arreglaba la almohada y le quitaba el orinal de debajo del cuerpo—. No digas tonterías. Te llevaremos a la sala grande, te sentaremos en una silla. Puedes mover las manos. Incluso a lo mejor vuelves a comer sola.

—¿Y si resulta que me quiero morir?

—Ya sabes que aquí no dejamos morir a nadie. Sólo nos morimos cuando nos llega la hora.

Él le dijo la hora. A las seis, te espero a las seis al final del camino que lleva a los viñedos altos. La puerta del lavabo se cerró detrás de la camisa blanca y las baldosas se volvieron a colocar en su sitio. Tardó un rato en salir. Se peinó y el espejo le devolvió unos ojos enrojecidos. Se echó a llorar, llena de una alegría salvaje. Lloraba mientras se veía en el espejo, y su nuevo rostro le gustaba. Se dio cuenta que era bonita. Sus padres la esperaban, de pie en medio del bar, para ir a casa. Oyó cómo su padre le decía alguna cosa de «papeles y familia», y que la madre añadía: «Habrá que comprar una cama nueva.» Después de comer llegaba Lluís con sus padres para arreglar la boda. Tenía un permiso de tres días.

Levantó una mano y la mantuvo alzada ante el rayo de sol que entraba por la ventana. Era una mano transparente, con los huesos desnudos y varios riachuelos azulados, hinchados, surcados por manchas parduscas. Luego la movió hasta que quedó frente a la pared. La mano ya no era tan transparente. «Cuando nos hacemos viejos —pensó— parece como si los huesos tuvieran vida propia. Mi esqueleto intenta traspasar la piel. La dermis, aunque floja, evita que sea lo que soy: un esperpento. Parece mentira que el cuerpo sea en gran parte agua. No, no es agua. Es gelatina.»

La cuarta señora jadeaba más lentamente, pero ella seguía con la mano sobre el fondo de la pared despintada. Veía una mano extendida delante del sol que, antes de desaparecer tras los riscos, dejaba una espuma de fuego en la arista de las montañas. Entonces el tejido de su mano era elástico. Tenía grasa. No era una capa coriácea. Antes de irse, Lluís le había besado la mano. «Dentro de tres semanas serás mi mujer. Te quiero.» La tierra pizarrosa mostraba aguas más oscuras donde crecían las viñas altas. «Te deseo», le había dicho él cuando se tumbaron cerca de las vides. El camino hacia los viñedos altos era muy largo. Había ido en bicicleta, sintiendo cómo el corazón le iba desde la punta de los pies hasta el cerebro. Las vides formaban líneas paralelas, como el rayo de sol que hacía danzar las motas de polvo. Una arquitectura de cepas que casi llegaba a lamer la cima. «No digas nada», dijo él otra vez.

Ahora alisaba el embozo de la sábana con las dos manos. Pero inmediatamente lo estrujó recordando una mano joven cuya piel escondía los huesos. Sintió la camisa blanca encima, húmeda. Y también vio las cepas ardiendo que llegaban, en líneas paralelas, hasta el infinito. Un cuerpo que se convertía en el suyo. Ella era él. «¿De dónde vienes?», le preguntó cuando él estaba dentro de ella. «Del infierno.» Una nube breve cubrió el sol y la habitación quedó en penumbra. Él le contó que al anochecer regresaba al frente. Al oírlo, le rompió la camisa y le clavó las uñas en la espalda.

—¡Mira cómo has dejado las sábanas! —gritó la enfermera—. ¿Piensas que vamos a hacerte la cama a cada momento?

—¡Váyase al cuerno!

—Eres una mala persona.

—No me quiero morir.

La cuarta señora estuvo de acuerdo y respondió con un silbido estridente que fue decayendo como si el tren llegara a su destino. La enfermera desapareció tras el biombo. Luego salió corriendo de la habitación.

—Tú tampoco quieres morir, ¿eh?

Pero ya no se oía ningún ruido al otro lado del biombo. El rayo de sol volvió y las motas de polvo iniciaron otra danza. La enfermera regresó con un joven vestido de negro. Ambos desaparecieron detrás del biombo y oyó un cuchicheo con el triángulo de palabras: «familia», «papeles», «cama». La cuarta señora no había muerto en la madrugada. «Esta vez —pensó— ha fallado la teoría de la hormona del crecimiento.»

Vio los hombros del joven vestido de negro que rozaban el borde del biombo. Murmuraba algo a la enfermera. Luego se dio la vuelta hacia ella y le sonrió con dulzura. Tenía un aire tímido y los ojos blandos. Empezó a andar hacia su cama, como si pensara decirle algo importante. Pero ella cerró los ojos y, con los párpados apretados, hizo que todos los objetos de la habitación desaparecieran. El camino hacia los viñedos altos era muy largo. Arriba, en los riscos, una bola de fuego la deslumbraba. Costaba subir allí, no había aire, jadeaba. Ya no tenía el corazón en los pies, sólo en el cerebro. Había que recordar algo. Recordar. Recordar una palabra. De otro modo moriría.

El joven vestido de negro le tocó el hombro.

—Ahora eres tú quien me necesita —le dijo alegremente.

Inspiró con fuerza. La mano seguía sobre su hombro. Pesaba. Ella ladeó un poco la cabeza y abrió los ojos.

—No digas nada —le aconsejó el joven vestido de negro.

Intentó atrapar de nuevo aquel zumbido, el murmullo lejano que, a veces, adoptaba el aire de una melodía. Pero el canto se había perdido entre los objetos de la habitación.

—Debe de haberle afectado la muerte de su vecina —susurró la enfermera mientras le tomaba la presión—. Habrá que trasladarla a la cama de detrás del biombo.

—¿Tiene algún familiar? —preguntó el joven.

—Me parece que no. En la oficina están sus papeles. Creo que es viuda.

—Dia-bó-li-co —murmuró ella, aspirando aire en cada sílaba.

La mano aflojó la presión.

—¿Qué ha dicho? —preguntó el joven vestido de negro.

—No lo sé... Habrá que avisar al doctor.

—Eso —dijo ella. Y se echó a reír de pronto.

Agradecimientos y copyrights

Agradecimientos

Los autores agradecen la autorización para reproducir los diversos materiales a continuación. A pesar de que se han hecho todos los esfuerzos posibles para localizar a los propietarios de todos los derechos, se ofrecen nuestras disculpas por cualquier omisión voluntaria.

Megalog are una imagen de... tel de Allende, con origen en Rafael Alberti, 1985.

Ensayos sobre la vida de Arturo Michelini copyright... Rene Brau.

A role de radio reproducción... de Alfred Sauvy... reproduces... copyright... A. Lincoln. Bruselas/Benedictinos. 1988.

Zonob... de text... de Julio... Linz... copyright... Julio... Luis... 1977... Hispamérica Julio Ferrara.

Michelino Trox, Cultura política copyright... Piero Craveri. Studio... 1979.

Marco imagen... Statistica... reproducción... © Estudios... Jaques 1967. Reproducción... Bologna Forminología por Edward Fulton. Y... reproducido por la Società Ligure... Mayo de... traducción de Carla Orano a Elena... introducida por Alfonso Palmieri.

...terra... le delle imágenes de Jean Cellon reproducción... Marburg, Carlo Orano, 1986. Hispamérica Ediciones de Luigi carlos e... nuova.

... presentadores de Augusto de Alighiero copyright... Augusto Rolf... Bruselas 1966.

La estatua de la ciudad de Montreal en Hans Carvajal... Hans de la Montreal en Italia... reproducción de... por Sympara Ferrara.... 1986, reedición por Editora S. A.

COLECCIÓN DIEZ RELATOS

Diez relatos de
AMOR

Diez relatos de
CIENCIA FICCIÓN

Diez relatos de
DETECTIVES

Diez relatos
ERÓTICOS

Diez relatos
FANTÁSTICOS

Diez relatos de la
MAR

Diez relatos de
MUJERES

Diez relatos de
SUSPENSE

Diez relatos de
TERROR

Diez relatos de
VIAJES